KB105873

전종문의 이야기가 있는 詩 ❹

영광을 받으소서

전종문의 이야기가 있는 詩 ❹

영광을 받으소서

발행일   2017년 8월 4일

지은이   전 종 문
펴낸이   손 형 국
펴낸곳   (주)북랩
편집인   선일영   편집   이종무, 권혁신, 이소현, 송재병, 최예은
디자인   이현수, 이정아, 김민하, 한수희   제작   박기성, 황동현, 구성우
마케팅   김회란, 박진관, 김한결
출판등록 2004. 12. 1(제2012-000051호)
주소   서울시 금천구 가산디지털 1로 168, 우림라이온스밸리 B동 B113, 114호
홈페이지   www.book.co.kr
전화번호   (02)2026-5777   팩스   (02)2026-5747

ISBN   979-11-5987-706-3 04810(종이책)   979-11-5987-707-0 05810(전자책)
         979-11-5987-687-5 04810(세트)

이 도서의 국립중앙도서관 출판예정도서목록(CIP)은 서지정보유통지원시스템 홈페이지(http://seoji.
nl.go.kr)와 국가자료공동목록시스템(http://www.nl.go.kr/kolisnet)에서 이용하실 수 있습니다.
(CIP제어번호 : CIP2017018777)

(주)북랩 성공출판의 파트너

북랩 홈페이지와 패밀리 사이트에서 다양한 출판 솔루션을 만나 보세요!

홈페이지 book.co.kr   •   **블로그** blog.naver.com/essaybook   •   **원고모집** book@book.co.kr

영광을
받으소서

전종문의 이야기가 있는 詩 ❹

북랩 book Lab

알량한 시인의 잡동사니 이야기

 나는 시인(詩人)이요, 수필가라는 이름을 얻었다. 물론 내가 시인이요, 수필가라는 이름을 얻었다는 것은 문예지의 등단 과정을 밟았다는 사실과 무관한 것은 아니지만 나는 그것을 자격 취득으로 생각지는 않는다. 글은 누구나 쓸 수 있는 게 아닌가.

 스스로 생각해도 내가 글을 잘 쓰는 사람은 아니다. 그냥 글을 읽는 게 좋고, 글을 생각하며 시를 짓는 시간이 즐겁다. 그러면 시인이요, 작가가 아닌가. 나는 나와 같은 이런 문필가들이 우리 사회에 많았으면 좋겠다는 생각을 한다. 그냥 시와 생활하고 즐기는 작가들 말이다.

내 선친(先親)께서 하신 말씀이 있다. 미친 사람도 하루 종일 씨부렁대다 보면 그 속에 한마디라도 옳은 말이 들어 있는 법이라고. 나는 재주가 없어서 나 자신을 알량한 시인이라고 지칭한다. 그래서 그렇겠지만 내가 생각해도 내 글이 심오하지 않다.

이 책에서도 그렇고 그런, 내 주변에서 경험한 시시콜콜한 얘기를 썼다. 그런 글을 왜 썼느냐고 묻는다면 부끄럽지만 제 선친께서 내게 해 주신 말씀으로 변명할 수밖에 없다. 그냥 한마디라도 유익이 있었으면 하는 아슬아슬한 마음.

다 아시는 얘기지만 글의 소재는 따로 있는 게 아니다. 우주의 삼라만상(森羅萬象), 세상의 우수마발(牛溲馬勃), 모든 사상, 모든 생각, 모든 사건, 심지어 현실에 없는 상상의 세계나 소망하는 가치가 모두 글의 재료다. 그리고 그것들을 문자라는 매개체로 아름답고 운율에 맞게 지어져 자신뿐 아니라 다른 사람을 감동시키면 작품이 되고 시가 된다. 그래서 소수의 사람에게라도 정서 안정에 도움이 되고, 잠시라도 그들에게 정신적 기쁨을 주면 만족한다. 의미를 거기에 두고 나도 이 글을 썼다.

　한 제목의 글에 산문과 운문이 섞였다. 시를 설명하기 위해서 산문을 쓰기도 했고 이야기를 쓰고 나서 이걸 시로 만들면 어떨까 해서 시 형식을 갖추어 내놓기도 했다. 이래저래 어설프기는 마찬가지다.

　살다 보면 때로 심심하고 무료할 때가 있지 않은가. 그때 읽으면 될 것 같다. 이 책을 읽어주시는 모든 분에게 평안이 있기를 빈다. 나는 그분들에게 지금 매우 감사하다. 미리 감사의 말씀을 드린다.

2017년 8월

魚隱　田鍾文

전종문의 이야기가 있는 詩 ❹
영광을 받으소서

| 차례

비단잉어 풀어주던 날

　김희재 목사님은 나보다 3, 4년 연배시다. 고향이 충남 당진 (송악면)이시고 전통적인 양반 성품이시다. 살아온 환경이 동떨어졌지만, 어떻게 신학을 같이하는 통에 알게 되었을 뿐 아니라 학창시절엔 학우회 활동도 같이 하면서 더욱 가까워졌다. 졸업하고도 목회지가 인근이어서 꾸준히 교류를 해오고 있다.

　지금까지 지내오는 동안 노회 활동을 비롯한 신앙생활이나 세상을 바라보는 관점에서 한 번도 이견을 보이지 않을 정도다. 내가 이렇다고 말하면 그게 맞다고 진정으로 동조하면서 격려해주곤 했다. 동역을 하면서 이렇게 마음에 맞는 사람이 이웃에 있다는 것은 얼마나 큰 축복인가!

그런데 어느 날, 김 목사님이 입원을 했다. 건강진단을 받았는데 폐에 이상이 있다는 것이었다. 그때까지 선혀 눈지를 챌 수 없을 정도로 건강했는데 정밀검사를 받아보니 폐암 3기라 했다. 이런 경우를 우리는 흔히 맑은 하늘에 날벼락이라고 표현하지 않는가. 전혀 예기치 않은 날벼락이었다.

그러나 어떻게 하랴. 한쪽 폐의 절반을 떼어내는 수술을 하고 항암치료를 받았다. 그 기간의 고생을 어떻게 말로 다 표현하랴. 사모님을 비롯하여 아들, 며느리들이 전적으로 매달려 간호를 한 결과 완치하게 되었다. 사선을 넘은 것이었다. 같은 병실에서 투병하던 환자 중에 당신 혼자만 살아남았다고 했다.

완치 선언을 받고 집에 돌아와 목사님은 안방 수족관에서 키우던 비단잉어를 냇가에 가서 놓아주었다. 정이 무척 들었던 녀석이었는데 풀어주었다는 것이었다. 아들, 며느리가 괜찮겠냐고, 내보내고 섭섭하지 않겠느냐고 염려를 많이 했지만 다부

지게 마음먹고 풀어주었다고 했다.

　짐작은 하지만 비단잉어를 놓아준 깊은 뜻을 나는 모르겠다. 그러나 나는 목사님의 행동에서 감동을 받았다. 그리고 목사님의 건강 회복을 기념하여 헌시를 써 바치기로 했다. 목사님, 건강하십시오. 무엇보다 올곧은 건강한 삶을 사십시다.

　　　한쪽 폐를 떼어주고 폐암 3기에서 벗어나던

　　날에 그는 17년 동안 안방 수족관에서 키우던

　　비단잉어를 풀어주었다 어른 팔뚝만 하게 자

　　란 녀석을 양동이에 조심스럽게 담아다가 냇

　　가에 풀어주며 잘 가라고 인사를 했다 푸드덕,

　　물장구를 치면서 뒤도 돌아보지 않고 떠나는

녀석을 보면서 그는 비로소 자유인이 되었다. 그동안 너를 보면서 나는 슬거웠지만 넌 얼마나 부자유스러웠겠느냐

오래 가지고 있으면서 생긴 애착과 오래 함께하면서 쌓인 정을 떼어 놓으면서 이제부터 버리는 연습을 해야 한다고 다짐을 했다 그래도 울컥울컥 치밀어 오르는 섭섭함을 씹으면서 그는 비로소 선비가 되었다 정이란 쌓아가기도 어렵지만 떼어내기도 어려운 것 아니더냐

어련히 잘 적응하랴만 그는 비단잉어 내보내고 염려가 되었다 그동안 주는 먹이만 받아먹느라 스스로 먹이 찾는 법을 잊었다면 어떻게

해야 할까 천적들에게 잡혀먹히지 않으려면
잽싸게 숨을 줄도 알고 달아날 줄도 알아야 하
고 너도 먹이를 잡아먹으려면 날렵하면서도
순발력 있게 덤벼들 줄도 알아야 할 터인데 우
리 세계나 너희 세계나 정글의 법칙이 적용되
는 곳에서는 굼떠서는 안 되는데 떠나보낸 비
단잉어를 염려하면서 그는 비로소 시인이 되었
다 힘이 좀 들더라도 부대끼며 사는 게 참 삶
이 아니겠느냐

- 헌시 -

멋있는 하차

맛있는 음식을 먹는데 중도에 그만두기도 어려운 일이고, 신나게 달리다가 중도에서 멈추는 것도 쉬운 일은 아니다. 그러나 그런데도 그런 상황에서 멈출 수 있다면 거기에 묘미가 있고 절제의 멋이 있는 게 아닐까.

이태선 목사님은 나와 같은 지역에서 목회를 하시면서 내게도 많은 사랑을 베풀어 주신 분이다. 노회가 어려움을 당할 때마다 앞장서서 해결하였고 총회 총대로 30년 가까이 나가서서 교단을 섬겼다.

목사님은 노회나 총회 일을 하려면 물질과 시간과 열정을 쏟아야 한다고 하면서 실로 그것들을 감당하며 사명감을 가지고 섬겼다. 총회에서 거의 모든 부서를 두루 섭렵하며 섬겼다. 정치부장도 하고 재판국장도 하고 총회 임원도 했다. 그만큼 사람들로부터 인정을 받았다는 뜻이 아니겠는가.

그런데 마지막으로 부총회장에 입후보했다가 제비뽑기 선출 방법에 걸려 낙선했다. 그 후로 노회 석상에서 이제부터 총회 총대로 나가지 않겠다고 선언을 했다. 정치는 여기까지가 내 몫이었다고 생각하셨을까? 정치에 허무를 느끼셨을까? 항상 앞에 서서 어른으로서 가르침을 베풀던 분이 갑자기 그만두겠다고 했을 때 우리는 몽둥이로 뒤통수를 얻어맞은 듯 멍했다. 섭섭하기도 하고 허전하기도 하다가 정신을 차리고 생각하니 그 용기에 감탄하지 않을 수 없었다. 잘 나가는데 그만 하차한다는 게 어디 쉬운 일이던가.

작은 고추가 맵다고 했던가

왜소한 체구

어디에 숨어 있었는가

그 다부진 결단력

당신은 박수받으며 내려왔다

당신은 내려올 때를 알았다

조금만 더, 머물고자 한 추함이 없었다

조금만 더, 누리고자 한 미련이 없었다

추상같은 법 앞에서도

상처를 내지 않으려 하고

합리적으로 풀려 했던

·
멋있는 하차

주님의 마음을 흠모했던

그 정신 고와라

이제 그만 쉬시라

교회를 섬겼던 사랑

노회와 총회를 섬겼던 열정

깨트림 없이 내려놓고

약자의 손

가난한 손

한 번 더 잡아주려 했던

그 정신만 붙드시라

욕심 없었던 충성

사람은 몰라줘도 되지

하나님만 알아주시면 되지

그런데 사람들이 먼저 알았다

멋있는 하차를

- 멋있는 하차 -

·
멋있는 하차

먼저 보내드렸습니다

74세의 연세라면 요즘 나이로는 조금 이른 감이 있다. 그 나이에 김희재라는 친구가 훌쩍 떠났다. 신학을 공부할 때부터 지금까지 쭉 우리는 지금 거리에서 살았다. 거처도 그리 멀지 않았고 목회지도 가까운 편이었다. 같은 교단, 같은 노회(老會)에 소속되어 있었기 때문에 가정사라든지 특별한 개인 생활 말고는 행동반경이 비슷했다.

우리는 함께 기뻐하고 함께 분노하며 서로 다툼 없이 지냈다. 한 번도 의견이 다르지 않았다. 솔직히 말하면 다를 수 있었을 것이다. 그러나 이 친구는 나에게 그런 내색을 하지 않고 참아 주었을 것이다. 그래서 우리 사이를 알 만한 사람은 실과 바늘로 비유하기도 했다.

그런데 이 친구가 내 허락도 없이 내 곁을 떠났다. 내 허락을 받아야 할 이유도 없지만 아쉽기가 한이 없다. 병명은 폐암이었다. 3기에 발견되어 치료를 잘 받아 완치 판결도 받은 바 있다. 사선을 넘을 때 고생도 많이 했고 가족들의 병구완도 눈물겨웠다.

그 이후로 10년을 넘게 이 친구는 건강을 유지했다. 언제 아팠냐 싶게 목회와 사회생활에 지장 없이 지냈는데 글쎄 어느 날 재발을 했다. 이번에도 다시 한 번의 기적을 바라보며 치료를 받았지만 결국 고생만 하고 그 고비를 넘기지 못했다.

변명에 불과하지만 바쁘다는 핑계로 나는 이 친구를 자주 찾아보지 못했다. 전화와 카톡으로 연락하며 안부와 병세도 물었다. 그러다가 입원 기간이 길어지고 병세가 안 좋아진다는 소

식을 듣고 찾아갔더니, 아니 이게 뭐야, 병색이 또렷했다. 위로
의 말을 건네고 돌아와서 참을 수 없는 마음을 이렇게 남겼다.

　　병실을 찾아갔다가

　　친구의 수척한 얼굴을 보았다

　　내가 건강하다는 사실이

　　감사의 조건이 될 수 없었다

　　　　　　　　　　　　　　- 미안했다 -

　　그 후부터 내 마음은 조마조마했다. 병상을 지키는 친구의
아들에게 무슨 일이 있으면 연락을 달라고 했는데 연락이 왔

다. 부랴부랴 병상을 찾아갔다. 초췌한 얼굴에 미소기 떠오르
는데 그게 더 안타까웠다. 고맙다는 인사는 왜 하는 걸까. 나
를 더욱 미안하게 만들었다. 돌아와서 이렇게 썼다.

내 목구멍에 밥이 들어간다

뒤척이긴 했지만

잠자리에서 곤한 잠을 잤다

이래도 되는가

살아오는 동안 단 한 번도

내 의견에 이견을 내지 않았던 친구

그 친구가 지금 병실에 누워있다

잠 못 들어 하며

먼저 보내드렸습니다

입맛이 없다고

목구멍으로 밥을 넘기지 못하고 있다

위독하다고 하는데

맛을 느끼며

나는 목구멍으로 밥을 넘기고

편안한 잠자리에서 곤하게 잤다

사람이 이래도 되는가

- 이래도 되는가 -

일주일을 넘기기 어렵다는 친구 아들의 연락을 받고 이번엔
같은 시찰회 소속 목사님들과 함께 병실을 찾아갔다. 내가 의
사가 아니라도 그의 회생이 불가능할 것 같아 보였다. 그의 인

생이 저물어가고 있었다. 의식이 있을 때 함께 임종 예배를 드렸다. 그렇게 깔끔하던 사람, 그래서 자신의 흐트러진 모습을 아무에게 보이지 않으려 하던 사람인데 견디기 어려워하는 모습을 어쩔 수 없이 노출하고 있었다. 돌아와서 어차피 가실 바에는 더 고생하지 말고 가셨으면 하는 생각이 들었다.

이 밝은 대낮에

저물어가는 저녁을

나는 친구의 얼굴에서 보았네

총기로 빛나던 그 얼굴에

어둠의 그림자가 내려앉는 것을

내가 두 눈을 뜨고 보았네

보고 싶지 않으면서

·
먼저 보내드렸습니다

아니 볼 수 없어서

사그라지는 모습을 보아야만 했네

혹 불면 금방이라도 꺼질 듯한 눈총을

묵은 집 허물어져 가는 처마 밑에서 들리는 숨

　소리를

나는 미안한 마음으로 내려다보았네

가게나

떠날 사람 오래 붙드는 것도 차마 못할 일

가게나

먼저 떠났던 사람들처럼

훌쩍 떠나게나

보내고 나면 한참 동안 멍멍해지다가

028
·

잊혀질 만하면

그때는 나를 배웅할 사람이 또 나타나겠지

이런 게 인생이라 하면서

- 친구의 얼굴 -

일주일 후에 이번엔 어쩔 수 없이 친구의 부음을 들어야 했다. 입원했던 병원이 인천이다. 토요일이고 거리가 있어서 서둘러 소속 시찰회 목사님과 연락하여 찾아가도 오후가 됐다. 위로 예배를 드렸다. 친구는 떠나기 전에 자신의 장례를 나와 의논하라고 큰아들에게 유언으로 남겼다고 했다. 다음날에 있을 입관 예배는 포천에서 목회하는 박인철 목사님께 주관하시도록 했다. 우리 세 사람은 학창시절부터 3총사처럼 지내던 터가 아닌가.

먼저 보내드렸습니다

그리고 본인이 아무리 조촐하게 가족장으로 장례를 치르라
고 하셨다지만 천국 환송 예배는 아무래도 소속이 노회인 만
큼 노회 주관으로 드리는 게 덕스러울 것 같아서 그렇게 했다.
나는 축도 순서를 맡았고 그 자리에서 순서에도 없는 조시를
낭송했다.

목욕을 하고 머리에 기름을 발랐습니다

정장을 하고, 구두를 닦아 신고

당신을 환송하러 떠납니다

언제나 예의 바르고 깔끔했던 당신

폐차장으로 보내는 차도

그동안 수고했노라고

세차를 해서 보냈던 당신

수족관에서 기르던 황금잉어도

얼마나 그동안 부자유스러웠느냐며

어느 날 샛강에 놓아주었던 당신

이제 당신 자신이 자유를 얻는 시간

훨훨 창공을 나는 예식에

내 구질구질한 모습은 예의가 아니지요

지저분한 얘기 한 토막도 남기지 않고

뒷모습이 단정한 당신

편안히 가십시오

나도 기쁜 표정으로 보내고 싶습니다

환송곡도 힘차게 부르겠습니다

그리고 터덜터덜 돌아와서

적막감에 사로잡히면 잠시 울 터이니

먼저 보내드렸습니다

책망은 하지 말아주십시오

엉성하게

사내들도 더러 울 때가 있지 않소

- 돌아와서 한 번 울겠습니다 -

친구의 유해는 화장이 되어 고향 선산으로 이동했다. 유족들이 이제 가족끼리 마무리를 할 터이니 우리는 돌아가는 게 좋겠다고 했다. 물론 우리를 더 이상 고생시키지 않겠다는 의미다. 그러나 박인철 목사님과 나는 장지까지 가겠노라고 했고 결국 허락이 되었다.

친구의 고향은 충남 당진군 송악면 중흥리다. 예전에 그의 가족이 평화롭게 살던 집은 그동안 아무도 살지 않아서 폐허가

되어 있었다. 우리는 친구의 부모님이 잠들어 있는 곳으로 가
서 그 아래로 준비된 터에서 하관예배를 드렸다.

친구가 세상을 떠났기에

화장을 해서

당진 선영으로 갔네

미리 파 놓은 땅에

유골함 넣고

국화꽃 뿌리고

취토하니까 끝이네

산을 내려오면서

예전에 그 친구가 살았던 집을 보네

먼저 보내드렸습니다

친구보다 먼저 시든 집

살지 않으면 오래 못 간다더니

주인 잃고 폭삭 주저앉아 있네

우거진 시누대 숲에

숨었는가, 감추어졌는가

흔적이라도 남았으니

방안에 가족사진이라도 한 장 붙어 있을까

대문마저 무너져 들어설 수 없고

잡초 우거진 마당에 덩그러니 감나무 한 그루

뭘 지키겠다고

파수꾼처럼 서 있네

고향 집도 무너지고

땅 위의 장막 집 무너졌으니

영원한 하늘의 집밖에 없었으리(고후 4:1)

시리게 하늘은 푸른데

문득 적막을 깨고

툭, 밤송이 하나가 발밑으로 떨어지네

친구여, 이 세상엔 쉴 곳이 마땅치 않아

육신 여기 내려놓았으니

거기서 편히 쉬게나

- 옛집 -

　　나는 지금도 친구가 떠났다는 사실이 실감이 나지 않는다.
저기 어딘가에 살아있을 것만 같다. 그러나 어쩌랴. 누구나 가
는 길을 그는 먼저 갔다. 더 이상 그의 얼굴을 볼 수가 없다. 굳

먼저 보내드렸습니다

이 보고 싶으면 남겨놓은 사진으로나 봐야 하고, 같이 했던 시간들을 되돌려 느껴야 한다. 슬픔은 남아있는 사람의 몫이다.

친구여! 이제 이 땅에서의 고통은 내려놓았으니 거기 주님 안에서 편히 쉬게나. 우리는 아직 여기서 할 일이 남아있나 보네. 그 일 모두 마칠 때까지 열심히 일해야겠네. 우리도 주님 앞에 서는 날, 그리던 주님으로부터 "잘하였도다, 착하고 충성된 종아!" 하는 칭찬을 받아야지 않겠는가!

보내드렸습니다

같이 갈 수도

붙잡아 둘 수도 없어

먼저 보내드렸습니다

바람끝이 서늘해지면

우리는 가끔씩 뒤돌아볼 것입니다

다정했던 날을 이야기하며

그리워할 것입니다

견디기 어려웠던 아픔이

그땐 그리운 사연으로

각색되어

추억이라는 이름으로 다가오겠지요

당신은 우리의 마음을 알면서도 모르는 척

요단 강을 건넜습니다

거기 젖과 꿀이 흐르는 땅

먼저 보내드렸습니다

열두 가지 실과가 달마다 열리는 생명수 강가

아픔도 이별도 죽음도 없는 그곳에서

기쁨의 찬양을 부르겠지요

언젠가 우리가 같이 부를 찬양을

같이 하지 못한 우리가

붙들 수 없었던 우리가

여기 남아서

심란해진 바람을 맞으며

그리움의 노래를 부릅니다

언젠가 요단 너머 그 언덕에서

힘차게 함께 부를 기쁨의 노래를

파르르

나뭇가지 끝에서 떠는 잎새처럼

지금은 흐느끼며 부릅니다

- 보내고 나서 -

* 김회재 목사님은 2016년 10월 1일(토)에 소천하셔서서 3일(월)에 장례를 마쳤다. 이 글을 마치고 나니 경황 중에 잊어버렸던 목사님이 보낸 글이 생각났다. 당신이 쓴 글인데 당신은 필력이 없어서 그러니 지도를 좀 부탁한다며 이메일로 보낸 것이었다. 나는 보내준 그대로 여기에 덧붙일 수는 없고 당신이 원하는 바대로 첨삭을 해서 여기에 싣는다.

·
먼저 보내드렸습니다

고향 나들이(김희재)

일종의 귀소본능(歸巢本能)이라 할까. 나는 늘 고향에 대한 그리움을 가지고 산다. 한식 지나고 어버이날도 그냥 보내고 나니 죄스런 마음이 들어 엊그제는 자녀 손들과 함께 고향을 찾았다. 선산에 가서 성묘도 하고 벌초도 하기 위해서였다.

아들 3형제를 품 안에 키우던 때가 엊그제 같은데 그 자식들이 이제 모두 결혼해서 손주가 여덟이나 되었다. 그 세월이 나라고 가만두었겠는가. 나도 이제 머리엔 서리가 내리고 어느새 고희(古稀)다.

내가 뛰놀던 고향인데 낯설다. 사람은 예전보다 많아진 것 같지만 아는 이가 없다. 말 붙여볼 사람이 없다. 타향 같은 고향이다. 하기야 내가 버리다시피 한 고향인데 그 고향이 나를 반기겠는가. 자조하면서도 혹시 알 만한 사람이 있는가 두리번거려진다.

아무도 살지 않는 비워둔 집, 조부 때부터 우리 가문을 품어 주던 집은 80 생애를 지탱하는 동안 늙어갔다. 입구[口]자 기와 집이 중풍 맞은 노인처럼 제 몸 하나 추스르지 못하고 있다. 기둥을 지팡이 삼고 버티는 형국이다. 우리가 떠나 사는 동안 옛집도 그렇게 사그라들고 있었다.

뒷산에 올라 조부모님과 부모님의 유택을 돌아본다. 낯익은 봉분과 비석이 서 있을 뿐이다. 그리움이 울컥 치밀어 올랐다. 부모님 앞에만 서면 죄스러운 것은 떠돌아다니며 잠시도 편안하게 모신 일이 없기 때문이다. 20여 년 전에 묘 앞에 심은 철쭉이 한 길 넘게 자랐고 몸집이 세 아름쯤은 될 성싶었다. 선홍색 꽃이 피면 5리 밖에서도 선명히 보이리라. 아, 그러나 그것이 어떻단 말인가? 가신 분들은 말씀이 없으시다.

3대가 함께 벌초를 하고 산소 앞에서 준비해 간 음식으로 식사를 했다. 살아계실 때 찾아가면 그렇게 반기시던 부모님, 이제는 그 부모님이 잠드신 유택 앞에서 살아있는 후손들이 식사를 하는 것이다. 부질없는 짓인 줄 알면서도 두리번거려졌다. 꼭 나타나실 것 같은 모습과 들려올 것 같은 부모님의 음성.

먼저 보내드렸습니다

해가 설핏해서야 일어났다. 부모님이 안 계시는 곳은 이미 고향이 아니다. 우리가 집을 떠나올 때마다 대문 밖에서 배웅하시던 그 부모님이 안 계신다. 우리를 보내며 아쉬워서 한동안 제자리에 서 계시던 부모님을 차마 뒤돌아볼 수가 없어 눈물만 삼키며 넘었던 언덕배기를 이제는 자동차를 타고 휑하니 넘었다. 산비둘기 한 마리가 차 앞을 가로질러 날아간다. 구국국국, 구국국국. 변하지 않은 고향의 소리다. 나도 이담에 고향에 묻히고 싶다.

더 아름답게 하소서

물은 건너봐야 알고, 사람은 겪어 봐야 안다는 속담이 있다. 남의 얘기나 소문을 듣고 평가하기보다 실제로 내가 체험해 봐야 정확히 진면목을 알 수 있다는 뜻이다.

실로 좋다는 소문이 난 사람이지만 막상 만나서 사귀어보면 실망을 주는 사람이 있다. 반대로 어떤 사람은 평소에 별로 좋지 않은 이미지를 가지고 있었는데 실제로 만나서 관계를 맺어 보니 진국인 사람도 있다. 내가 겪은 이태선 목사님은 처음이나 나중이나 한결같이 신실한 분이다.

이태선 목사님은 은퇴를 하고 나서 더 칭찬을 받는 분이다. 물론 평소에도 목회에 성실한 분이었다. 그러나 어떤 조직에서나 일할 만한 사람을 내버려두지는 않는 법이다. 노회장을 하고 서북 지역 협의회 회장을 역임하더니 나중엔 총회 임원을 하고 재판국장도 했다. 그리고 총회장으로 가는 부총회장 출마에서 제동이 걸렸다. 제비뽑기 선거에서 고배를 마셨다. 이로써 총회 정치도 마무리 되었다.

나는 거기서 멈추게 한 것을 목사님을 보호하기 위한 하나님의 뜻으로 믿는다. 참새 한 마리가 땅에 떨어지는 것도 하나님의 뜻이 아닌가. 지금에 와서 그를 겪은 많은 사람들이 그를 깨끗하고 진실한 사람이라고 평가한다. 그가 꼭 총회장을 해야 했을 사람이라고 아쉬워하는 사람도 많다. 그러면 됐지 않은가. 우리는 누구나 하나님의 섭리 앞에서 멈추라 하면 아쉽더라도 불평하지 말고 멈춰야 한다.

목사님이 정년을 맞았다. 시무교회에서 원로목사로 추대되었다. 만장일치였다. 나는 목사님의 원로목사 추대 감사예배에서 다음의 시를 지어 낭송하여 올려드리고 축도하여 목사님의 나머지 생애를 축복했다.

누가 작은 고추가 더 맵다고 했는가

청양고추는 맵다

누가 청양을 작은 고을이라 했는가

충남 청양은 매운 고추를 길러냈다

보라, 이태선 목사

산골짜기는 가난했지만

따뜻한 인정과 조촐한 자연은

그에게 순박한 정서를 선사했다

더 아름답게 하소서

환경을 이기려는 발버둥은 훈련 기간

그는 힘들어도 흔들리지는 않았다

예수 그리스도를 영접하는 순간

그는 더욱 휘청거릴 수가 없었다

삼양동, 어려운 동네에 십자가를 세우고

환난을 겪으면서도

고통을 견디며 참을 줄밖에 모르는 사모님과

죽어라고 기도하고, 죽기 살기로 복음을 전했다

그리고 여기 호원동에 이르기까지

어언 40여 성상

외로울 때 눈물 흘리지 않았고

고달플 때 주님만 붙들었다

담임 교회와 노회를 섬기면서

사람 살리는 일에만 앞장섰고

서북 지역 연합회를 섬기며

합리와 상식을 고집했다

누가 그의 사자후를 가로막겠는가

총회를 섬기면서 정직했고

총회 재판국을 섬기면서 불의와 타협하지 않았다

정신은 지금도 뚜렷한 청년이지만

세월과 제도는 은퇴를 강요한다

주님만을 사랑한 올곧은 정신

목양 일념의 투철함

어찌 하나님이 먼저 감동하지 않으셨으리

사랑받은 성도들이 만장일치로

더 아름답게 하소서

그의 덕을 기려 원로목사로 추대하기로 하고

오늘 우리는 여기 승리교회에서

영광스러운 원로목사 추대 감사예배를 드린다

할렐루야, 하나님께 영광이다

할렐루야, 승리교회의 자랑이다

할렐루야, 한 인간 이태선 목사의 승리다

여기까지 인도하신 에벤에셀의 하나님이

어찌 나머지 생애를 보장하지 않으시랴

바울을 뒤좇고자 하는 선교 의지

베드로를 따라가고자 하는 불꽃 같은 열정

어찌 하나님이 붙들어주시지 않으시랴

죽도록 주님 따르며 사랑 전하다가

영광의 면류관 받아 쓰는 순간까지

선한 싸움 싸우고

순교 정신으로 믿음 지키리니

주여, 여전히 지키소서

이전의 형통보다 곱절로

이후가 더 아름답게 하소서

- 더 아름답게 하소서 -

* 2016년 4월 16일, 이태선 목사님 원로목사 추대 감사 예배에서

박충기 목사님

경상남도 거제도 안에 있는 부속 섬 중에 가조도(加助島)가 있다. 면적이 5.86km²이고 인구가 약 1,600명 정도인 작은 섬이다. 섬에서 가장 높은 봉우리는 해발 332m의 옥녀봉이고 섬을 두르고 있는 해안선의 길이가 약 17.5km인데 아스팔트로 잘 다듬어져 있다. 드라이브 코스가 될 만한 것이다.

이 섬에 창호교회가 있다. 행정구역상 소재지는 경상남도 거제시 사등면(沙等面) 창호리(倉湖里)다. 이 교회가 처음 세워진 것은 1950년대이고 박 목사님은 이 교회에서 7년 동안 시무를 했다.

젊은 날의 꿈을 안고 찾아와서 지금의 교회 건물을 지은 것이 그의 입적이라면 업석이었다. 비록 50여 평의 작은 예배당과 사택이지만 당시 이 건물을 짓기 위해서는 눈물을 흘리고 기도를 많이 해야 했다. 대부분 밭농사와 어업에 종사하는 가난한 성도 4~50명의 힘으로 예배당을 건축한다는 것은 결코 쉬운 일이 아니었다. 더구나 당국에서는 섬의 경관을 훼손할 수 있다고 건축 허가를 쉬 내주지 않았다.

그래서 이 버거운 싸움을 기도와 열정 하나로 극복하고 드디어 예배당 건축을 완성할 수 있었다. 그러나 사명자는 언제나 사명이 끝나면 떠나야 하는 게 아닌가. 박 목사님은 예배당을 건축한 뒤 그 섬을 떠나게 되었는데 17년이 지나서 다시 그 교회의 청빙을 받은 것이다. 얼마나 감개가 무량했겠는가. 20년 가까이 지난 뒤라서 세상을 떠난 분들도 있지만, 인구 이동이 별로 없는 마을이라서 대부분 지난날 같이 신앙생활을 하던 성도들이 그대로 교회를 지키고 있었던 것이다.

우리 시찰회 회원들은 박 목사님의 초청을 받고 이 창호 교회를 다녀왔다. 물론 융숭한 대접도 받았다. 돌아와서 아래의 시를 남겼다. 그때가 2011년 5월이었다. 그런데 그가 우리보다 먼저 세상을 떠났다. 항상 우리의 건강을 챙기며 여행 중엔 상비약을 준비했던 사람인데 자신의 건강은 돌보지 못하고 먼저 떠나 아쉬움을 더한다. 2013년 1월 25일, 보훈병원에서였다. 그는 월남전에 참가했던 역전의 용사였다. 물론 장례 주례는 내가 맡았다. 그의 아들 박종현 목사가 내가 담임하는 교회의 부 교역자로 시무하고 있을 때였다.

거제도는 이제 섬이 아니다

빨리 건너고 싶은 사람들이

내륙과 섬, 섬과 섬을 연결시킨다

거제도와 부산을 연결하여 거가대교

40분이면 넉넉히고

성포리와 창호리를 연결한 연육교

가조도(加助島)도 덩달아 섬이 아니다

사등면 창호리에 십자가 탑이 우뚝하고

언덕배기에서 울려 퍼지는 찬송가

너른 바다를 적신다

짭조름한 갯바람으로 마음을 씻는

박충기 목사님

눈비 맞으며 마을을 지키는 등대

언제부턴가, 바다를 닮았다

굶주린 영혼을 품고

말씀으로 먹이고 영원으로 인도하는

사람을 낚는 어부

사랑의 파수꾼

새벽마다 기도로 해를 떠올리고

가조도의 평안을 위해

수평선 너머로 가라앉는 붉은 해

바라보며 두 손을 모은다

- 박충기 목사님 -

054
·

전총문의 이야기가 있는 詩 ❹ - 영광을 받으소서

예수사랑교회 입당 예배

　남의 자식이라도 제 부모에게 효성을 다하는 것을 보면 그렇게 흐뭇할 수가 없다. 김 목사님의 큰 아드님은 인천에서 교회를 개척했다. 올해가 개척 10년째다. 오늘은 김 목사님의 큰 아드님에 대해서 조금 지면을 할애해야겠다.

　이 아들이 효자다. 첫 딸을 낳고 아버지에게 꼭 아버지께서 이름을 지어주셔야 한다고 간구해서 얻은 이름이 은송(銀松)이다. 교회 개척을 하면서 꼭 아버지께서 이름을 지어주셔야 한다고 부탁하여 '예수사랑교회'라는 이름을 얻었다.

아버지께서 폐암을 앓자 지극정성으로 수발을 하고 있다. 인천에서 서울까지가 그렇게 가까운 거리가 아닌데 그 바쁜 목회 생활 중에도 꼭 병원에 모시고 다니며 치료를 받게 하고 있다. 그 치료라는 게 고약해서 일주일을 넘기지 않는다.

개척교회 하는 일이 얼마나 힘든 일인가? 다른 형제들과 함께하겠지만, 비용은 또 얼마나 들겠는가? 그럼에도 우리 속담에 장병에 효자 없다는 말이 있지만, 이 아들에게는 해당이 안 된다. 아버지 목사님은 지난번에 폐암을 앓다 회복되어 근 10년을 건강하시다 이번에 재발한 것이다. 그러니 김 목사님은 얼마나 힘든 투병생활을 하고 있겠는가? 본인은 말할 것도 없지만 온 가족이 비상사태라 해야 맞다. 그래도 변함없이 열심히들 수발하며 간호하고 있다.

그런데 아들 목사님의 교회가 성장하여 드디어 자체 예배 처를 구입하게 되었다. 부모를 잘 섬기는 신실한 목회자에게 하나님은 복을 주신 것일까. 욕심부리지 않고 신실하게 한 사람, 한 사람, 양들을 아끼는 정성을 하나님께서 인정해 주셨을 것이다. 나는 제 아버지 목사님과 친분 관계로 입당 예배에 초대를 받아 축시를 낭송하는 순서를 맡았다. 예수사랑교회의 꿈이 이루어지기를 축원하는 감격과 영광을 누리게 된 것이다.

꿈을 꾸는 사람이 있었습니다

예수 사랑을 뜨겁게 받은 사람

그는 환상을 보았습니다

성전 문지방 밑에서 흘러나오는 한줄기 물

그 물이 점점 불어서 개울이 되고

출렁이는 강물이 되는 환상

그는 거기에 예수 사랑의 기치를 꽂았습니다

예수사랑교회 입당 예배

2006년 7월 8일

거기에 가난한 사람들이 모여들었습니다

연약한 사람들과 무능한 사람들도 모여

예수 사랑을 전했습니다

예수 사랑의 강물이 흐르기 시작했습니다

사람을 살리고

가정을 살리고

세상을 살리며 흘렀습니다

저들은 더 이상 연약한 사람이 아니었습니다

강하다는 사람들을 두렵게 하고

지혜 있다는 사람들을 부끄럽게 만들었습니다

그리고 2015년 7월 11일, 오늘

예수사랑교회의 성전이 세워지고

하나님을 모시고 입당을 합니다

온 성도가 춤을 추며 입당을 합니다

성도의 찬양에 생명 강수가 출렁입니다

꿈은 현실이 되어 흐르고

믿음은 바라는 것들의 실상이 되어 흐릅니다

여기서 기드온의 300 용사가 나와

전 세계를 누빌 것입니다

여기서 3,000명의 초대교회 일꾼이 나와

어두운 심령들을 변화시킬 것입니다

창조주 하나님이시여

여기서 경배를 받으시옵소서

구속주 하나님이시여

여기서 찬송과 기도를 받으시옵소서

여기 좌정하셔서 영원무궁토록 영광을 받으시

　옵소서

심판주 하나님이시여

여기서 우리를 성령과 진리로 충만케 하시고

여기서 말씀으로 명령하시고

주님의 선한 도구로 우리를 사용하여 주시옵소서

방황하는 죄인들이

손들고 기꺼이 나아오게 하시고

교만하여 하나님을 대적했던 사람들이

감격의 찬송을 부르며 여기를 찾아오게 하소서

예수사랑교회를 세우신 주님이시여
약속대로 다시 이 땅에 오시는 그 날까지
예수 사랑의 향기만 널리 전파되게 하소서
예수 생명의 물줄기가 면면히 흐르게 하소서
예수사랑교회가 여기에 우뚝 서
저 땅끝에서도 영원히 보이게 하소서
예수사랑교회가

- 도도히 흐르는 강물처럼 -

예수사랑교회 입당 예배

김홍대 목사님

    목사님은 고신(高神)을 나오셨다. 고향은 경북 칠곡이시다. 졸업 후에 부산에서 목회하셨다. 교회가 많이 성장했다. 서울로 올라오셨다. 부산에서처럼 개척만 하면 사람들이 몰려올 줄 아셨다. 그런데 아니었다.

    비로소 자신의 교만을 깨닫고 회개의 세월을 보냈다. 그리고 말년에 서울 강북에서 서광 교회를 담임하게 되었다. 지독하게 기도하면서 진중하게 목회를 하셨다.

    어느덧 정년의 나이가 되었고 교회에서 은퇴 예배를 드렸다. 정년이 지나도 계속 목회를 하라는 교회의 요구를 뿌리치고 기

어이 은퇴를 하셨다. 정해진 법을 어겨서는 안 된다는 신념 때문이었다. 은퇴 예배를 드리면서 나는 축시를 낭송했다.

여호와 하나님이시여, 당신은 조각가

70년 세월 내내 그를 깎는 일에 몰두하셨습니다

고고(呱呱)의 성(聲)을 울렸던 칠곡(漆谷)은

질곡(桎梏)의 세월을 예비했던 곳

가문의 전통을 벗어나기는

뼈를 깎기보다 힘들었습니다

고신(高神)의 학문과 영성이

세상과 짝할 수 없다고 다그쳤습니다

그 사명 부여잡은 부산에서의 목양

은혜 위에 은혜였습니다

그러나 그는 고백합니다

부산 접고 서울로 뛰어든 것은

교만의 소치였다고

열정이 아닌 어리석음이었다고

여호와 하나님이시여, 당신은 조각가

새롭게 그를 깎는 작업이 시작되었습니다

기도의 사람 만드는 작업이 시작되었습니다

눈물로 가슴을 적시고

수많은 세월을

그의 무능을 깨우치는 시간으로

그의 연약함을 깨닫게 하는 시간으로

그의 교만을 깨트리는 시간으로

넉넉하게 허락하셨습니다

그리고 그를 서광에 세우신 것은

그의 눈물을 받으셨다는 뜻이었지요

새로운 은혜의 시간들이었습니다

감사의 세월이었습니다

감격의 세월이었습니다

꿈같이 지난 13년이었습니다

지금 목양을 완성하고

하늘을 우러르며 부끄러워하고

성도를 바라보며 따르는 아쉬움을 달래면서

그러나

내 잔은 지금 차고 넘칩니다

고백하는 그를 위로하소서

여호와 하나님이시여, 당신은 조각가

그를 여기까지 인도하시며

깎고 다듬으셨습니다

그가 어디 간들 주를 떠날 수 있으며

그가 어느 시간인들 서광을 잊을 수 있으며

그가 어디에 선들 동역자들을 잊으리오

무릎을 꿇을 겁니다

찬송을 부를 겁니다

바칠 겁니다, 나머지 생애도

결코, 십자가를 내려놓지 않을 겁니다

당신의 영광을 위하여

당신 앞에 서는 날까지

그의 생명이시여, 우리의 주님이시여!

그를 끝까지 받으소서

– 김홍대 목사님의 은퇴를 축하드리며 –

너 비로소 뿌리를 내리는가

    후배 목회자 한 분을 소개한다. 예은 교회를 담임하는 김종권 목사님. 체격은 호리호리한데 그 안에 절제된 정열이 숨어 있다. 잘 웃는다. 웃는 모습에서 부드러움과 순박함과 겸손이 나타난다. 고향 전주를 벗어나 불모지 고양에 뿌리를 내렸다.

    초년 목회가 얼마나 어려운가는 경험자만이 안다. 그런데 그 어려움을 성실과 기도로 극복하고 드디어 교회에서 위임을 받게 되었다. 위임식 예배에 축사 순서를 맡아달라는 부탁을 받았다. 누구의 부탁인데 거절하겠는가. 성대한 축복의 자리에서 몇 마디 축사를 하고 이 축시를 낭송해 드렸다. 교회가 성장하고 목회자가 보람을 느끼며 열심을 다하는 모습이 너무 좋다.

영광을 돌리라. 영광이 있으라. 영광을 나타내시라.

너 비로소 뿌리를 내리는가

바람 부는 날, 호되게 부는 날

완산벌 떠나 너 여기에 옮겨졌을 때

너는 심한 몸살을 앓을 수밖에 없었다

붙들어 줄 만한 것이라곤 아무것도 없는

낯선 땅은 메말랐고

내리쪼이는 태양 빛이 어지러웠다

너 나약해 보일 만큼

호리호리한 몸으로

바람에 흔들리지 않으려

깊숙이 자갈밭으로 발을 뻗어 넣었다

발가락은 상처가 나도

웬일인가, 네 얼굴에 떠오르는 미소

서릿발이 싸늘한 날엔

오히려 더 향기로운 미소

호물호물 무너지는 여리고 성처럼

마음들이 열리면서

양들이 그 향기 안으로 모여들기 시작했다

폭포수처럼 강단에서 은혜의 단비가 내릴 때

양들의 털에 윤기가 흐르고

네 눈물의 기도가

끌어안은 양들의 상처를 어루만질 때

네 그늘에서 포근히 잠들게 되었다

너 비로소 뿌리를 내리는가

이제 땅은 기름지고

펼쳐지는 푸른 초장, 쉴만한 물가

양들은 떼를 지어 모여 오고

훈풍에 퍼져 나가는 향기

소금 되어, 빛 되어 세상으로 나가는

바람이 사나우면 더 멀리 나가는 은혜의 편지

주 예수의 은혜가 머무는 예은 교회에서

목자의 지팡이와 막대기 들고

너, 이 목장을 지키라, 네 생명 다하기까지

너 비로소 뿌리를 내렸느니

주가 너와 함께 하나니

너 고백하라, 모두가 주님의 은혜였노라고

- 너 비로소 뿌리를 내리는가 -

하나님도 손드셨네

　강창훈 목사는 나보다 신학 공부를 좀 늦게 했다. 말하자면 후배다. 나이도 물론 나보다 어리다. 그러나 가는 길이 같기 때문에 동역자이다. 그런데 나는 나이만 많고 학교만 먼저 나왔을뿐, 그를 따를 수가 없다.

　그가 목회를 하면서 열심을 내는 걸 보면 거의 초인적이다. 일천 번제라는 이름으로 벌써 여러 차례 성도들과 함께 기도회를 가졌다. 매일 빼놓지 않고 세 차례씩 기도회를 가져도 일 년이 넘게 걸린다. 그런데 그 일천 번제를 1차, 2차, 3차 하면서 계속 이어가고 있다. 목양 일념의 그 열정과 기도를 나는 도무지 따를 수 없다.

그렇게 바쁘게 살면서도 이번에 두 권의 책을 상재했다. 칼럼집 『꽃처럼, 너울처럼』과 설교집 『형통하리라』가 그것이다. 사실 일생 살면서 한 권의 책을 내기도 우리 형편은 쉽지가 않다. 장한 일이라 아니할 수 없다. 진실로 축하할 일이다.

　　그런데 이 책들의 출판을 기념하는 예배에서 나에게 축사를 해 달라는 요청을 해왔다. 감사한 일이지만 특별히 어떻게 축하를 해야 할 것인가가 문제였다. 달리는 말에 채찍질한다는 말이 있다. 더 열심을 내고 더 많은 책을 내서 문서 선교의 일익을 담당하라고 격려를 하고 말았다.

　　그리고 기왕에 출판된 책이라면 많은 사람에게 사랑받고 독자들에게 영향을 주어야 한다. 사실 글을 쓸 때는 그 글이 쓰는 사람의 것이지만 발표가 되고 나면 그 글은 저자를 떠난다. 독자들의 것이 되는 것이다. 독자 없는 책이 무슨 소용이 있는가. 나는 강 목사의 출판을 축하하며 그의 분신 같은 이 책이

많은 사람의 사랑이 대상이 되기를 소원하는 축시를 썼다

하나님도 손드셨네
생명을 사랑하는 열정에
손들어 성취시켜 주셨네

하나님도 손 높이 드셨네
생명을 사랑하는 기도에
꽃처럼 피어나게 하셨네
너울처럼 출렁이게 하셨네

하나님도 손드실 수밖에 없었네
감동시킨 저 기도와 열정에

우람한 결실 주셨네

아름다운 그 이름, '형통하리라'

너희 분신들아

쥐어짜는 산고 끝에 태어났으니

이제 떠나거라

멀리멀리 떠나거라

이제 자유를 얻었으니

춤추며 떠나거라

5대양 6대주, 후미진 골목까지

너 도달한 그 자리가 네 안식처

날마다 너는 꽃처럼 피어나라

너를 품은 새 주인에게

부르짖게 하라, 너울처럼

너 도달한 그 자리가 네 사명지

날마다 너는 영혼을 새롭게 하라

새 주인들의 사랑 흠뻑 받으며

찬송케 하라, 새 노래로

              - 하나님도 손드셨네 -

장로 은퇴

    조직 교회는 목사와 장로가 있어야 한다. 목사는 강도(講道)와 치리를 겸하고 장로는 치리만 담당한다. 이렇게 당회가 조직되면 합력하여 교회를 섬기는데 주로 목사의 목회를 장로가 돕는 형식을 취한다. 목사는 교회의 대표권을 가지고 있기 때문이다.

    목사와 장로, 이 두 반열이 소통과 협력이 잘되면 교회는 대체로 평안하다. 그러나 아무리 하나님 백성의 모임이라 해도 사람에게는 죄성이 있기 때문에 완벽할 수가 없다. 서로 인격이나 의사를 존중해야 하는 것은 당연한 일이다.

나는 목회를 하는 중 장로님들의 협력으로 어렵지 않게 목양을 해왔다. 진리는 타협의 대상이 아니지만 타협할 수 있는 일반적이고 지엽적인 일은 양보하고 협력하는 체제로 당회를 운영하려 했다. 장로님들이 잘 도와주셨고 그런 장로님들을 만난 것은 나에게 행운이었다.

그러는 중에 정년이 되면 은퇴를 했다. 시무 기간이 20년을 넘으면 공동의회 투표로 원로 장로가 되고 그렇지 않으면 은퇴만 했다. 그때마다 개인적으로 아쉽고 섭섭하기도 했다. 그래서 축시를 써서 축하를 했다. 그러나 어떤 사정인지 미처 시로 남겨 드리지 못하기도 했다. 먼저 박영만 장로님께 드린 헌시다. 장로님은 2009년 12월 6일에 원로 장로로 은퇴했다.

시무 장로직을 내려놓으시는 장로님

그러나 홀가분하다고는 말하지 마십시요

시원섭섭하다는 말은 더욱 안 됩니다

1985년 9월 8일

장로의 멍에를 매어 주셨던 하나님

이제 멈춰 서서 헤아려보니 꿈같은 24년

하나님의 은혜만 오롯이 남았습니다

믿음 주셔서 봉사케 하셨고

건강 주셔서 헌신케 하셨고

열정 주셔서 수고케 하셨으니

그분의 은혜로만 점철된 세월 아닌가요

뭔가 업적을 남기고자 할 때

교회 안에 찬바람이 소용돌이칠 때

가슴으로 품기엔 얼마나 힘에 부쳤던가

불면의 밤, 고민으로 지새워야 했던 날들

그러나 그것이 십자가였음을 이제 알았습니다

장로님

은퇴는 십자가를 내려놓는 일 아닙니다

멍에를 벗는 일은 더욱 아닙니다

주님이 부르시는 날까지 져야 하는 십자가

은퇴와 함께 하나 더 메게 되는 주님의 멍에

앞장서서 이끌기보다

뒤에서 밀고 가기가 더 지치는 법

숨어 골방에서 기도하고

이름 없이, 보이지 않는 곳에서

순종의 본을 보이셔야 합니다

날마다 자신을 쳐 복종시키고

날마다 죽어야 하는 고독이 엄습해도

순수하게 나를 드리는 믿음

대가 바라지 않는 사랑

영원한 나라에 대한 소망

이를 끝까지 붙드는 일이 주님의 길

선한 싸움 싸웠습니다

달려갈 길을 마쳤습니다

힘써 믿음을 지켰습니다

고백하는 순간이 이를 때까지

더욱 순수하게 무릎 꿇을 수 있다면

주님 만날 수 있는 기회

성도 섬길 수 있는 기회

이제 교회가 장로님의 덕을 귀히 여겨

교회의 기둥 든든히 붙잡아준 공로 잊지 못해

원로 장로의 명예를 얹어 드리오니

기뻐해 주십시오

더 큰 영광의 면류관 바라보십시오

교회의 발전

자손들의 형통을 흐뭇하게 바라보시며

주 안에서, 행복하소서

여생이 건강하소서

수유중앙교회 원로 장로님이시여

2009년 12월 6일

- 박영만 장로님 은퇴에 붙여 -

조석환 장로님은 순박한 분이셨다. 신앙의 모범을 보이려고
애쓰셨고 순종하셨다. 2014년 5월 4일에 원로 장로로 은퇴하
셨다.

수고하셨습니다

아직은 청춘이신데

힘이 남아도시는데

제도가 은퇴를 강요합니다

늘 온유한 주님의 마음으로

교회를 섬겼던 장로님

이제 우리는 원로 장로님으로 추대하면서

그 우렁차면서도 간절했던 기도

구석구석 어루만져 주셨던

그 겸손하고 자상했던 손길

사모하며, 되새기며 뒤따라갈 것입니다

먼저 이루신 뜻에 부끄럽지 않게

한 걸음, 한 걸음 이어갈 것입니다

지켜보시며 기도해 주십시오

든든하게 세워나갈

사랑하는 우리 수유중앙교회

고맙습니다, 감사합니다

여생이 더욱 복 되소서

더욱 여생이 건강하소서

- 조석환 장로님 원로 장로로 추대하며 -

김형창 장로님은 장로 시무 기간이 20년을 넘지 못해서 은퇴
장로가 되었다. 2016년 3월 6일에 은퇴하셨다.

3월을 시작하는 첫 주일

봄날의 향기가

김형창 장로님의 은퇴 예배를 돋우고

하나님의 은혜가

비둘기 몸짓으로 내려앉습니다

계시는 것 같기도 하고

계시지 않는 것 같기도 했던

당신은 그동안 순수하셨습니다

하실 말씀이 없어서였을까요

그래도 말씀을 아끼고

행여 딕스럽지 못할까 봐

행동을 자제하셨습니다

빙그레 웃으심으로

나직이 하나님께 기도하므로

교회 성장의 바람을 전할 뿐이셨습니다

교회를 잘 섬겨야 한다는 용솟음치는 사명감은

때로 중압감으로 다가오기도 했을 터

그러나 이제 세월은

그마저 내리어놓으라 요구합니다

여름날의 강바람처럼 한편으로 시원하시겠지만

아쉬운 마음은 왜 없으실까요

기도하실 일은 아직도 장로님의 몫

더 뜨겁게 기도해 주십시오

후진들이 어떻게 주님을 섬기는가

사랑하시는 교회가 어떻게 성장하는가

지켜보시고

기도의 응답이 그렇게 아름다운 모습으로

하늘로부터 내려오는 것을

기쁨으로 바라봐 주십시오

책임을 다하고 은퇴하시는 장로님이시여

주님이 책임져 주시는 여생이시기를

우리 모두 두 손 모으면서

장로님의 내려놓으시는 아쉬움을

뭉클한 마음으로 달랩니다.

- 주님이 책임져 주시는 여생 -

* 김형창 장로님 은퇴 예배에서(2016년 3월 6일)

전출문의 이야기가 있는 詩 ❹ - 영광을 받으소서

어린이 마음

　김규태 장로님은 1997년에 장로로 임직을 받고 2012년 6월 9일에 은퇴했다. 은퇴 후에는 교회에서 다른 일은 일체 관여하지 않고 유초등부 교사로만 섬기고 있다. 새로운 일꾼들을 신뢰하고 자신의 위치를 바로 알기 때문이다. 은퇴 후에 사람들이 원하지 않는 이것저것을 참견하는 것도 꼴불견으로 여기는 성 싶다. 그런 김 장로님에게 대화 시간이 생기면 나는 의례히 장로님이야말로 복 받은 가정이라고 격려한다.

　장로님네는 세상적으로 유명하지 않다. 부유하고도 거리가 멀다. 그런데 남들이 가지기 어려운 하나가 있다. 온 가족이 목회 전선에서 헌신하고 있는 것이다. 사모님은 결핵 환자들을 돕는 특수 교회에서 담임 사역을 하고 있다. 슬하에 남매를 두었는데 딸은 목회자와 결혼하여 남편의 목회 사역을 돕고 아들은 목회자다.

　이만하면 신앙의 명문 가정이 아닌가. 교회에서 충성하더니 하나님으로부터 큰 복을 받으신 것이다. 그리고 본인은 은퇴 후에도 말없이 주일학교 어린이를 교육하는 교사로 섬기고 있다. 나는 그 마음이 곧 어린이 마음이 아닐까 생각한다.

　몸은 날로 쇠하여 가도
　날로 새로워지는 영혼
　직분을 내려놓으니
　더욱 바빠지네
　주일학교 어린이가 사랑스러워

날로 어린이가 되어가는 축복

욕심도 없이

불만도 없이

가르치며 배우는

어린이 마음

그 마음으로 섬기면서

그 마음으로 감사하면서

그 나라에 이르기까지

길이길이 지키리

어린이 마음

– 어린이 마음 –

임직

어떤 직분을 맡는다는 것은 얼마나 복 된 일인가. 더구나 주
님의 몸인 교회에서 직분을 맡는다는 것은 참으로 영광스러운
일이다. 헌신할 수 있는 기회가 주어지는 것이요, 충성스런 일
꾼으로 인정받는 일이요, 장차 주님으로부터 칭찬과 상을 받게
될 것이기 때문이다.

나는 나를 포함한 모든 직분자들이 처음 직분을 받을 때의
감격을 끝까지 유지하기를 바라는 마음으로 이 시를 써서 드렸
다. 맡은 자에게 구할 것은 충성이다. 그리고 죽도록 충성하는
사람에게 하나님은 생명의 면류관을 주신다.

나 본래 일하러 태어났나니

할 일 많은 세상, 세월이 짧네

오, 전능하신 이여!

내게도 쓸모가 있나이까, 이 연약한 몸

나를 부르시나이까, 내가 여기 있나이다

주님, 나 위해 피 흘리셨으니

땀 흘리다 가리이다. 나, 주님 나라로

해요, 방패이신 주여!

내게 직분을 주시다니요

생명보다 귀한 사명

여러 날 밤잠 설치다 오늘 받나이다

주의 성령이 뜨겁게 하고

주의 사랑이 나를 벅차게 하나이다

이제 보소서

선하신 뜻에 순종하는 나를 보소서

지치도록 일하다 쓰러지는 이 몸

골고다를 향해 달리는 이 마음을 보소서

날마다 피 쏟고 죽는 내 정욕

억만금 생긴들 죄에 이 몸 맡길 수 없고

움켜쥐면 바스러지는 낙엽 같은 세속 권세

흐르는 뜬구름, 허무한 명예 때문에

나 건져주신 주님의 마음, 아프게 할 순 없네

천 날의 악인의 장막 뿌리치고

주의 궁정에서의 한 날에 감격하는

성전 문지기를 보소서(시84:10)

주의 말씀으로

주님의 몸이 든든히 서가고

주의 영광이 주의 전에 가득할 때

나는

잘하였도다, 착하고 충성스런 종아

감당할 길 없는 칭찬에

빛나는 면류관, 내 머리에 얹어주실

주님만 바라보나이다

                            - 임직받는 분들에게 -

2010년 11월 21일에 박광진 씨를 집사로 전정남, 오동님, 이애숙, 강춘숙 씨를 권사로 임직하고 강선자, 조옥분, 안달수, 이금자, 문부자 씨를 명예권사로 추대했다. 이들의 임직을 격려하며 축하했다.

주여!

오늘 아침 태양빛이 이렇게 찬란한 것은

나의 임직을 축하하기 때문 아닌가요

당신의 은혜가 아니라면

어찌 내가 주의 일꾼이리오

내가 어찌 주의 종이리오

당신의 몸 찢기신 날, 나 구원 얻었으니

나 이제 주님의 몸 섬기며

당신의 나라에 이르리다

나의 기도를 들어주소서
내게는 당신의 은사가 필요합니다
일꾼에게 연장이 들려지듯
지치지 않도록 힘을 주소서
게으르지 않도록 지혜 주소서
굳세게 하소서, 사명으로
충만케 하소서, 말씀과 성령으로
주님의 편지만 내가 전하게 하소서
내게서 주님의 향기만 나게 하소서

빛으로 나아가게 하소서

소금처럼 스며들게 하소서

저 어둡고 삭막한 거리의 심장에

저 영광의 나라에 이르기까지

땀 흘리고

눈물 흘리고

피 흘리는

순교자의 길 걷게 하소서

나 거기서

주님의 음성을 듣고 싶습니다

다정한 음성

단 한마디 말씀에

펑펑 울고 싶습니다

"잘하였도다. 착하고 충성 된 종아!"

– 착하고 충성 된 종아 –

주님이시여, 영광을 받으소서!

- 수유중앙교회 설립 36주년에 즈음하여 -

병풍처럼 삼각산이 두르고

맑은 물이 유유히 흐르는 곳

수유리에서도 중앙에

"주는 그리스도시오, 살아계신 하나님의 아들

  입니다"

베드로의 고백 위에

주님은 당신의 교회를 세우셨다

이름하여 수유중앙교회

천국 열쇠를 맡기시고

음부의 권세가 이기지 못하도록 하셨다

36년의 모진 세월

어린 교회는

송이꿀보다 단 젖을 먹으며 자랐다

자라면서 병치레도 여러 번 했다

그러나

태풍 이후에 나무는 더욱 꿋꿋하고

물은 굳은 땅에 고인다든가

갈등을 화합으로

미움을 사랑으로

낙심을 소망으로

주님이 합력하여 선을 이루셨다

·
주님이시여, 영광을 받으소서!

보라, 주님의 은혜와 성도의 평화가

지금 도도히 흐르고 있지 않은가

교회여, 일어나라

복음 들고 이웃을 넘어 땅끝까지

사랑 품고 언덕을 넘어 낮은 곳으로

어두운 세상 빛으로 밝히고

소금 되어 썩어가는 세상 살리자

예수만이 유일한 생명

그리스도만이 영원한 구원

찬양하며 전하자

헌신으로 전하자

우리는 전진하는 십자가의 일꾼

주님이시여, 영광을 받으소서!

세세 무궁토록 찬양을 받으소서

수유중앙교회가 여기 있나니

오, 수유중앙교회여, 영원하라

주님 다시 오시는 날까지 굳건히 서

높이 올리라, 십자가의 깃발

나가라, 세상으로

정복하라, 피 묻은 십자가 복음으로

- 주님이시여, 영광을 받으소서! -

나는 교회를 개척도 하고, 다른 교회와 연합도 두 번이나 해보고, 또 남이 개척하는 교회에 가서 축하도 해보았다. 그때마다 한결같은 소망은 교회 부흥이었다. 그러나 교회란 개척만 하면 다 부흥되는 것이 아니다.

아무리 사명으로 목회하는 것이지만 성장하지 못할 때 목회자에게 쌓이는 스트레스를 어떻게 말로 다 표현할 수 있으랴. 나는 다행히 하나님의 은혜와 좋은 성도들을 만남으로 행복했다. 한 해, 한 해가 지나면서 설립 주일을 맞을 때마다 언제나 감사도 했지만, 더 분발해야 한다는 각오도 새로웠다.

위의 시는 설립 36주년을 맞이하면서 연합한 교회의 화목에 마음을 쓴 흔적이 보이고, 아래는 설립 40주년을 기념하며 감사하는 마음을 표현했다. 40년엔 의미가 있다. 이스라엘 민족의 40년 광야 생활이 연상되지 않는가. 교회적인 행사를 다채롭게 거행했던 기억이 생각난다.

40년의 역사를 하나님은 이루어 주셨고

우리는 걸으면서 만들었습니다

구름기둥보다 확실한 말씀으로 인도하신 주님

어두울 때마다 불기둥으로 밝혀 주셨습니다

아, 생각하면 모두가 은혜입니다

기도에 게을렀는데도

하늘에서 만나를 내리시고

원망과 불평을 쏟았는데도

여전히 반석에서 샘물을 내주셨습니다

전도에 부족했어도

사랑과 봉사에 미흡했어도

걸어온 40년 동안

옷이 해어지지 않았고 발이 부르트지 않았습니

주님이시여, 영광을 받으소서!

다*(신8:4)*

가나안에 합당한 백성 만드시려고

때로 채찍질로 교만을 치료하시고

반석 아래 숨겨 위험을 피하게 해 주시고

낙심할 때 두려워 말라고 권고하시던

그 크신 손, 위로의 손

우리의 잔이 지금 넘칩니다

이제 우리 앞에 요단 강물이 넘실거려도

여리고 성이 앞을 가로막아도

놀라지 않고 우리는 걸을 것입니다

주님의 손에 붙잡혀 있다는 확신은

오직 여호와 하나님 외에 두려울 게 없습니다

주님이시여, 영광을 받으소서

친송을 빌으소서, 세세 무궁토록

수유중앙교회를 인도하소서

주님 다시 오시는 날까지

축복하소서, 수유중앙교회를

- 고백 -

주님이시여, 영광을 받으소서!

교육문화관

　　수유중앙교회는 설립 이후, 가장 자랑스러운 숙원 사역 하나를 해결했다. 그동안 교육시설이 비좁아 애를 먹고 있었는데 교회 건물의 바로 이웃 건물이 경매로 나온 것이었다. 그것을 구입하여 교육관으로 사용하는 데는 결코 쉽지 않았다. 실로 모아둔 재산이 없는 교회로써는 구입의 필요성은 인정하지만 꺼리는 상황이었다. 과거에 빚을 지고 그 빚의 상환이 어려워 고생을 겪은 교회로써 또다시 빚을 얻어 교육관을 구입한다는 의견에 찬성하기가 어려웠던 것이다.

　　나는 당회에서 이 건물은 하나님께서 우리에게 주신 것으로, 이번 기회를 놓치면 다시 기회가 없다고 역설했다. 그리고 교회가 못한다면 내 퇴직금이 얼마기 될지 모르지만 일단 그것을 주시면 계약부터 하셨다고 제안했다.

이에 감동하여 당회의 결정이 이루어졌고 즉시 박영만 장로를 위원장으로 정인구 집사를 실무 총무로 세워 매입을 추진했다. 이후 우여곡절 끝에 2009년 7월 10일에 매입하게 되었고 곧 리모델링에 들어가 그해 11월 29일에 입당 예배를 드렸다. 건물의 명칭은 교육뿐 아니라 문화 행사용으로도 사용하기 위하여 '교육문화관'이라 명명했다. 그날의 감격을 나는 이렇게 읊었다.

우리의 힘이 다 모아져도

당신의 허락 없이는 안 된다는 걸

알면서도 우리는 모으지 않을 수 없었습니다

기도에 마음을

헌금에 정성을

지혜에 열심을

하나로 모았습니다

그러나 그게 다 무엇이겠습니까

하나님이 우리를 사용하셨습니다

당신이 친히 이루셨습니다

우리의 마음을 감동시키시고

어지러운 사건들을 가지런하게 하시고

열심의 복을 주셨습니다

오직 당신의 기쁘신 뜻으로

하나님을 예배하고 전파하는 곳으로

그리스도를 가르치고 배우는 곳으로

성령으로 기도하고 사랑하는 곳으로

교육문화관을 세우셨습니다

여호와 우리 하나님이시여

찬송을 받으소서

영광을 받으소서

여기까지 인도하신

수유중앙교회의 주인이시여

오늘 우리 모두 기쁨으로 입당하오니

사용하여 주소서, 우리를

나타내소서, 주의 영광을

길이 사용하시고, 영원히 나타내소서

이웃에서 땅끝까지, 복음만

주님 오실 때까지, 사랑만

이제 여기서 힘써 전하게 하소서
우리의 수유중앙교회 교육문화관

- 교육문화관에 입당하며 -

은행으로부터 대출받았던 빚을 다 상환하고 교육문화관을
하나님께 헌당한 것은 2015년 11월 8일이었다. 교회 설립 43주
년을 맞아 교육문화관을 전 성도의 감사한 마음을 모아 하나
님께 바친 것이다.

실로 이 교육문화관을 구입하고 헌당하기까지 구입 명분으
로 특별 헌금을 한 번도 하지 않으면서도 오직 성도들의 자원
하는 헌신이 이루어 낸 것이다. 우리는 이를 하나님의 간섭과
도우심으로만 믿고 모든 영광을 하나님께 돌리며 참여해준 모

든 성도에게 감사의 마음을 드릴 뿐이다. 할렐루야!

오늘도 우리는 하나님의 신비한 역사를 보네

교회 설립 43주년을 맞는 수유중앙교회가

교육문화관을 드디어 하나님께 바치네

2009년 11월 29일 입당예배를 허락하시더니

오늘 복된 역사를 보여주시네

할렐루야, 찬양을 받으소서

하나님께서 시작하시고

우리는 쓰임 받는 일에도 부족했지만

우리에게 헌당하는 기쁨을 주시네

할렐루야, 영광을 받으소서

전능하셔서 신비한 역사를 행하시는 여호와 하
　나님이시여
이곳이 명실공히 교육과 선교 문화의 명소가
　되게 하소서
주님 나라의 영광을 위한 인재들이
셀 수 없이 배출되게 하소서
생명을 살리는 예수 그리스도의 정신이
여기서부터 전 세계로 전파되게 하소서
성령의 능력과 은사와 열정이
요원의 불길처럼 타오르는 교육문화관이 되게
　하소서
영광, 영광, 할렐루야
여기에 영원히 임재하셔서

우리가 드리는 찬양과 영광을 기쁘게 받아주소서

주 여호와 우리 하나님이시여!

– 교육문화관을 하나님께 바치면서 –

·

교육문화관

아가야, 촛불을 끄자

이명박 정권이 들어서고 얼마 있다가 서울광장에 촛불을 든 사람들이 모여들기 시작했다. 이른바 촛불 집회였다. 미국과의 FTA 체결을 반대하면서 미국이 우리나라에 광우병(狂牛病)에 걸린 소를 팔아먹으려 한다고 외쳐댔다. 여기에 합세하여 수십만의 인파가 목청을 돋우었다. 이러다가 정부가 혼란에 빠지고 나라의 존립이 위태롭지 않을까 걱정이 될 정도였다.

김대중, 노무현의 10년 진보 정권이 끝나고 나서 보수 정권이 들어서자 새로운 정권 길들이기 목적이었을까. 미국과의 FTA를 체결하기 위한 회담은 이미 노무현 정권 시절에 시작된 것이었기 때문이다.

그때는 그러면 왜 가만히들 있었는가. 똑같은 사안도 내가 하면 좋고 남이 하면 나쁜 것이 되는가.

안타까운 것은 이런 집회에 초등학생들도 촛불을 들고 참여했고 어떤 여인들은 유모차에 갓난아기까지 태우고 나왔다. 그러면서 자기들 자녀들과 후손들에게 미친 소의 고기를 먹여서는 안 된다고 외쳐댔다. 나는 그 상황을 보면서 이렇게 썼다.

아가야, 촛불을 끄자
박수는 내가 쳐주마
'생일 축하합니다' 노래 끝나면
케이크에 꽂혀있던 촛불을 끄듯
아가야, 힘껏 불어 촛불을 끄거라
보행기에 너를 태우고 나오는 어미라면

장차 네 손에 무엇은 안 들려주겠니?

지난 날

어수선했던 이 땅에는

형제의 가슴에 죽창을 들이댄 사람들도 있었단다

붉은 완장만 채워 주면

아가야, 젖 먹던 힘을 다하여

너는 지금 촛불을 꺼야 한다

너와 네 어미를 위하여

– 아가야, 촛불을 끄자 –

세월이 흘렀다. 이명박 정권도 끝나고 새로운 정권이 들어섰다. 그동안 미국산 쇠고기 먹고 광우병에 걸린 사람 하나 없었을 뿐 아니라 지금 누구도 식탁에 올라온 쇠고기가 미국산이라고 이의를 제기하지 않는다.

그렇다면 지난날 촛불을 들고 서울광장에 모여 외쳐댔던 사람들은 무엇 때문에 그랬는가. 너무도 공허하다. 충동적이었다고 해도 할 말이 없으리라. 군중심리에 편승하여 부화뇌동한 것인가. 반성이 필요하다. 제발 사안을 바르게 파악하여 선동에 속지 말고, 이용하고 이용당하는 일이 없었으면 한다.

내용증명우편

   노회장(老會長) 직책을 수행하던 중에 사고가 생겼다. 노회 관할 교회 중에서 부 교역자가 담임 교역자를 고발한 사건이 일어났다. 내용을 파악해 보니 사실이 많이 왜곡되어 있었다.

   어찌 되었든 수습해야겠기에 고발자를 불러 이렇게 저렇게 설득을 해도 막무가내로 고집을 피우더니 나중엔 내가 사건을 잘못 처리한다고 내용증명우편까지 보내왔다. 내용증명우편이 있다는 소린 들어봤지만 받아보기는 처음이라서 기분이 묘했다. 꼭 답을 보내지 않으면 안 되는 줄 알고 나도 사정을 내용증명우편으로 보내고 돌아오는데 마음도, 발걸음도 무거웠다. 역시 세상은 무섭고 시대는 불신시대임이 틀림없다는 생각이

새삼스럽게 느껴져 왔다.

　　받은 바 없다고 억지를 쓰고

　　듣지도 못한 소리라고 딱 잡아뗄까 봐

　　복사본까지 3부를 작성해 가지고

　　우체국에 보증 세우고

　　보내온 편지

　　불신의 악취가 따라왔다

　　어느 날까지 답이 없으면

　　부득이 고소하겠다는

　　담겨있는 칼의 서슬이 시퍼렇다

·
내용증명우편

이 사람아, 그렇게 사는 게 아니라네

칼을 쓰는 자

칼로 망한다는 말도 못 들어 보았는가

그게 아니라는 내용증명우편

나도 방어용으로 발송하고

그렇게 사는 게 아닌데

그렇게 사는 게 아닌데

되뇌며

돌아오는 걸음

마음까지 무겁게 했다

- 내용증명우편 -

숨이 막힌다

숨쉬기가 곤욕스럽다, 질식할 것만 같다

내가 서 있는 땅, 어제 내가 서 있었던 그 땅

내가 마시는 공기, 어제 내가 마시던 그 공기

내가 바라보는 푸른 하늘, 어제와 다름없는 그

   하늘

그런데 오늘 나는 서글프다

같은 공간에서, 같은 공기를 마시며 산다는 것이

오늘은 부끄럽다

순간의 정욕을 주체하지 못하는 인격

인간이기를 포기한 그 야만 앞에서

그리워 뒤돌아보는 어제

개와 돼지와

씀바귀와 망초와 제비꽃이 피는

이 땅을 밟고

하늘을 우러러보며

함께 숨 쉬었던 어제는

얼마나 행복했던가

- 숨이 막힌다 -

예전에 내가 어렸을 적엔 '칼 가진 사람하고 바늘 가진 사람하고 싸우면 바늘 가진 사람이 이긴다'는 속담이 있었다. 칼이 더 무서운 무기인 것은 분명하지만 그걸 휘두르면 상해를 입히기 때문에 행사하지 못한다는 것이다. 그러나 바늘은 찔러도 아프기만 하지 큰 상해를 입히지 않기 때문에 마음대로 행사할 수 있다는 것이고 결국, 누가 이기느냐. 바늘 가진 사람이 이긴다는 것이다. 순박했던 시대의 이야기이다.

이 이야기가 오늘날에도 통용될 수 있을까? 요즘에 우리 사회에서 일어나는 폭력, 폭행 사건들을 보면 어림도 없을 것 같다. 어쩌자고 이렇게까지 됐는가. 자식이 부모를 죽이고, 부모가 자식을 죽이는 일이 백주에 아무렇지 않게 일어난다. 순간적인 정욕을 제어하지 못해서 남의 순결을 짓밟는다. 그것도 상대를 가리지 않고 일을 벌인다. 어린아이, 의붓자식, 장애인, 심지어 자기 딸에게도 못된 짓을 한다.

이 글을 쓰면서도 나는 부끄럽다. 도무지 도덕이니, 윤리니, 예절이니 하는 개념이 실종된 무질서의 사회를 향하여 달려가고 있다. 이건 인면수심(人面獸心)과 다를 바 없다. 아니 짐승만도 못한, 사람이기를 포기한 행위다.

어느 날 나는 나도 매우 부족한 사람이면서도 그런 사람들과 같은 공간과 시간 속에서 같이 숨을 쉰다는 것이 부끄러웠다. 예전에 가난했을 때는 이렇게 난잡하지 않았는데. 한없이 그 시절이 그리워지는 것이었다.

서울 사람들

서울은 인구가 많다. 인구가 많다 보니 유쾌할 수 없는 사건들도 많이 일어난다. 실로 밝혀지지 않은 그런 사건들까지 합친다면 얼마나 될까? 물론 그런 현상이 서울에만 국한된 것은 아닐 것이다.

뜨거운 여름날, 시내가 내려다보이는 높은 산에 올라가 보라. 웬 사람이 그렇게 많은가. 좋지 않은 표현이지만 마치 구더기가 득실대는 것 같다. 그 속에 부도덕한 사람들도 끼어 있을 것이다. 흉악한 자, 음행하는 자, 살인자, 우상숭배자….

우리말에 익숙하지 않은 외국인들이 '서울'을 발음하면 이상하게 들린다. '세울'이나 '스올'로 들릴 수 있다. 벌써 꽤 오래된 일이 되었는데 당시 I.O.C 위원장이었던 사마란치가 1988년 하계 올림픽 개최지가 서울로 결정되었다고 선언할 때, 지금도 생생하게 기억하건대 그 발음은 "스올"에 가까웠다. 적어도 내 귀로는 그랬다. 섬뜩했다. 나는 우리의 서울이 절대로 스올이 될 수도 없지만 되어서도 안 된다고 생각한다.

스올은 서울의 잘못 발음한 것이 아니다

그러니 서울이 스올은 아니다

스올이 되어서는 안 되는 서울

그러나 구더기처럼 모여 득실거리는

서울 사람들 중에는

두려워하는 자들과 믿지 않는 자들이 많다

흉악한 자들과 살인자들도 끼어있고

음행하는 자들도 엄청나다

점술가들과 우상 숭배자들

그리고 거짓말하는 자들이 부지기수다 (계21:8)

지펀 언못은 불과 유황으로 불타고

연기와 김이 모락모락 피어오르는데

서울 사람들은 흐느적거린다

몸부림치며 쾌락에 깊이깊이 빠져든다

스올과 서울은 발음이 다르다면서

- 서울 사람들 -

* 스올(sheol) : 우리 말로 무덤, 지옥, 구덩이, 음부 등으로 번역되는 히브리어

·
서울 사람들

당신은 나를 슬프게 한다

2016년 12월 9일은 대한민국이 슬픈 날이었다. 이른바 최순실 국정농단사건으로 박근혜 대통령의 국회 탄핵소추안이 가결된 날이다. 탄핵을 찬성하는 무리들은 기쁜 날로 칠지 모르지만, 저들에게도 자기들 나라의 대통령이 탄핵소추를 당했다는 것은 결과적으로 수치스럽고 슬픈 일이 아니겠는가.

대통령은 재직 중에 내란 또는 외환의 죄를 범한 경우를 제외하고는 형사상의 소추를 받지 아니한다는 특권이 있는데(헌법 84조) 과연 무슨 죄를 지었을까? 나는 처음 대통령 탄핵이 거론될 때 어림도 없으리라 생각했다. 아무리 여소야대 국회지만 야당만으로 탄핵 가결 정족수 2/3를 채울 수 없었기 때문이었다.

그런데 여당 의원들이 참여하니 정족수 2/3를 훌쩍 넘겨 가결한 것이다. 국회의원 총 300명 중 234명이 탄핵에 찬성했다. 아니 이럴 수가! 박근혜 대통령은 즉시 권한을 황교안 국무총리에게 위임하고 청와대에 유폐된 신세가 되었다. 광장은 대통령 탄핵을 주장하는 무리들의 촛불 집회가 광란처럼 시작되었다. 나는 그날의 마음을 이렇게 써 놓았다.

가을비가 촉촉이 가슴으로 내리는 날
비를 맞으려고 거리로 나왔네
비를 맞지 않으려고 우산을 들었네
돌멩이가 빗발치는 전장
뿌린 씨에 용서가 없네
불행한 여인에게 긍휼이 없네

맞아라

피를 토하라

울어라

가슴을 치며 울어라

돌을 던지는 군중도

돌에 맞는 여인도

용서가 필요한 사람들

주여, 저 여인은 맞아도 되지만

저 열광하는 군중의 죄를 용서하소서

자기들이 지금

무슨 일을 하고 있는지를 모릅니다

비를 맞으러 나왔지만

우산을 쓰고 비틀거리는 모습을 보소서

신음하며 십자가에 못 박혀

내려다보시는 주님이시여

- 용서하소서 -

촛불집회가 불같이 일어났다. 연예인이 등장하여 대통령 탄핵을 축제로 만들어 갔다. 지방에서 올라왔고 어린 학생들도 동원되었다. 그런데 그들이 부르짖는 구호가 살벌하고 심지어는 북쪽 사람들이나 외칠 그러한 내용들이 끼어 있어서 섬뜩하기까지 했다. 매우 선동적이었다. 그리고 그 외침은 촛불민심이라고 했다. 나는 그 촛불집회가 이상한 방향으로 간다고 느껴이런 글을 남겼다.

당신은 나를 슬프게 한다

영원한 빛이시여

촛불로 어둠을 밝히고자 하는 자들을 보소서

수십만 개를 모으면 세상을 밝힐 것으로 아는

저들은 태양 빛 아래서도

자주 길을 잃어버리고 방황하나이다

자기들의 생각을 천심(天心)으로 위장하기 위하여

민심(民心)을 모으려고 애를 씁니다

저들의 소리가 이기지 못하게 하소서

저들의 선동이 이길 때(눅23:23)

진리도 십자가에 못 박혔나이다

말씀의 빛 아래 모두 굴복하게 하소서

잠잠하게 하소서

당신의 영원한 빛 앞에서

무릎을 꿇고

당신의 사랑 앞에서

길을 잃지 않게 하소서

자신들이 빛인 양

자신들이 진리인 양

위선의 바다에서 침몰하지 않게 하소서

교만의 어둠 속에서 벗어나게 하소서

당신의 긍휼을 바라보며

가슴 치며 울게 하소서

두 손을 높이 들고

감사의 찬양을 부르게 하소서

우리의 영원한 빛이시여

- 영원한 빛이시여 -

당신은 나를 슬프게 한다

촛불집회는 극에 달하여 대통령 하야를 외치기 시작했다. 탄핵을 주장했던 정치권은 이 어수선한 틈을 타서 속히 대선을 치러야 자기들에게 유리함을 알기에 더욱 부채질을 했다. 그러나 시간이 흐를수록 뭔가 석연치 않은 점들이 드러나기 시작했다.

2016년 11월 22일에 특검법이 국회에서 통과된 이후 12월 20일부터 수사가 시작되었는데 검찰이나 언론, 그리고 정치권이 거의 일사불란하게 점령군처럼 돌격했다. 고영태 일당의 불순한 행동과 태블릿 PC의 의혹이 나타나는 등 음모가 있지 않느냐하는 의구심도 드러나는데 그쪽에 대해서는 수사가 미미했다.

이럴 수가 있을까? 법을 모르기 때문인지 몰라도 의구심이 증폭되는 것이었다. 나는 이런 압박에 박근혜 대통령이 행여 굴복하지 않을까 염려가 되었다.

당신은 열의는 있었지만 부족했소

그것을 세상은 무능이요, 잘못이라 합니다

한 번 추종하면 끝까지 따를 것이라

사람의 마음을 그렇게 믿었다면

그것은 순박함이 아니라 어리석음이지요

민심은 자신의 영달을 위하여

수시로 변한다는 걸

당신은 모를 리 없었을 터인데

지나간 열차처럼 놓쳐 버렸구려

누구를 탓하리오

당신은 어리석었고 잘못했소

이제 단 하나 속죄하는 마음으로

마지막 헌신을 생각할 때요

그 자리에 앉아 뭇매를 맞으소서

이제 벌거벗었으니

더 벗겨질 것도

더 드러날 것도

당신에겐 없나이다

견디어야 할 일만 남았나이다

당신은 이미 죽었고

살아있는 것은 숨 쉬는 몸뿐이오

그것마저 죽음에 내주실 수 있어야 합니다

돌에 맞아서라도

칼에 맞아서라도

그 자리에서 죽어야 합니다

망나니들의 칼춤에 두려워 말고

한 치의 자리도 옮기지 말고

그 자리에서 입술을 깨물고 산화하소서

피는 흘려도

눈물은 흘리지 마소서

조국의 앞날을 생각한다면

헌신의 길이 아직 남아있음에 감사하면서

그 자리에서 꼼짝하지 말고

그 자리에서 나오라는 유혹이나

회유나 압력에 굴복하지 말고

죽어야 합니다, 그 자리에서

지켜야 합니다, 그 헌신의 자리

- 마지막 헌신 -

당신은 나를 슬프게 한다

다행히 박 대통령은 잘 버텨 주었다. 그리고 드디어 특검 수사의 불만을 품은 사람들과 촛불집회에서 외치는, 체제를 위협하는 구호를 든 세력에 반대하는 또 하나의 민심이 태극기를 들고 광장에 나오기 시작했다.

　거기에는 연세가 드신 분들이 많았다. 말하자면 전쟁과 가난에서 나라를 지켜오신 역전의 용사들이었다. 비록 체력은 쇠하여 가지만 나라를 지켜야 한다는 정신만은 젊은이들을 능가하지 않는가. 드디어 촛불집회의 무리보다 태극기집회에 참여하는 사람이 많아졌다. 그래도 언론은 태극기집회를 보도하는데 인색했고 촛불집회만이 민심으로 보도하고 있었다. 태극기집회는 민심이라기보다 촛불집회에 반대하는 세력으로 보도했다.

왜 저들이 목소리를 높이는 줄 아는가

길바닥으로 나온 군중

가만히 있으니

촛불만 민심으로 여기네

발톱을 감추고

선동하는 음흉한 흉계

깨어있는 사람들에겐 보이지

태극기를 들고 나가자

분노가 없으면

머저리로 아는 세상

나이 들었다고 무시하지 마라

물로 보지 마라

성난 파도

당신은 나를 슬프게 한다

장엄한 태극기 물결

- 물로 보이는가 -

2017년 3월 10일. 헌법재판소는 박근혜 대통령에게 탄핵을 선고했다. 한 명이 결원된 8명의 재판관이 이정미 재판관의 퇴임 전에(3월 13일) 만장일치로 국회의 탄핵소추를 인용한 것이 아니라 대통령 파면을 선고했다. 탄핵 인용을 주장했던 사람들은 기뻐 축제를 벌였고 기각이나 각하를 기대했던 사람들은 슬픔과 분노를 표출했다.

8명의 재판관 중에 3명만 반대했어도 기각이 되는 것인데 전원이 찬성하다니. 박근혜 대통령이 임명한 재판관도 있었는데 말이다. 훗날 역사는 이 사건을 어떻게 평가할까? 새삼스럽게

나는 권력에 대해서 생각해야 했다.

칼이다

휘두를 때는 예리하지만

잃었을 때는

아무짝에도 소용없는 것

당신의 탄핵에 쓰일 때는

추상같이 무섭고

당신이 무너질 때는

허무를 느끼게 했다

권력은 무서운 것

그것은 또한 허무한 것

가까이할 수 없는 이유

- 권력 -

왜 당신의 주변에는 원수가 많은가? 언론과의 갈등, 민노총과의 갈등, 통진당 해산, 전교조의 법외 노조화, 개성 공단 폐쇄, 국사 교과서 국정화, 사드 배치 결정, 북한의 도발에 대한 단호한 결단, 이 얼마나 자유민주주의를 지키려는 노력이었는가? 그러나 급진적인 생각을 가진 사람들에겐 당신의 주장이 좋게 보일 리 없었으리라.

일찍이 다윗은 이렇게 노래한 바 있었다. "여호와여, 나의 대적이 어찌 그리 많은지요. 일어나 나를 치는 자가 많으니이다."

(시3:1) 징의를 붙들면 불의한 자들이 대적이 된다. 당신은 사저
로 돌아와서 언젠가 진심이 밝혀질 것이라 했다. 그 진실이 무
엇인가, 밝혀져야 한다. 시간이 지나면 밝혀질 것이다. 역사가
평가할 것이다. 그러나 그것은 그것이고 나는 지금 당신 때문
에 슬프다. 지금까지 내 예측은 모두 빗나갔다. 당신의 앞날은
어떻게 될까? 역시 슬프다.

　　2017년의 고난주간은 4월 9일부터 시작되었다. 정가는 새로
운 제19대 대통령을 선출하는 5월 9일 대선을 앞두고 이전투구
를 하고 있을 때 나는 십자가의 고난을 당했던 예수님을 묵상
하면서 다음 시를 썼다.

　　당신들은 야합의 명수
　　제사장들과 서기관들과 장로들의 마음을 하나
　　　로 묶었다

143
·
당신은 나를 슬프게 한다

당신들은 비겁한 권력자
죄를 만들어서 덮어씌웠다

당신들은 선동의 명수
백성을 광장으로 끌어내 죽이라고 외치게 만들
　었다

당신들은 교활한 위협자
빌라도의 약점을 이용하여 사형 판결을 받아냈다

골고다 언덕, 십자가 위에서
피 흘리고 운명한 오후 3시
당신들은 쾌재를 불렀다

골칫거리를 제기했다고

우리가 이겼다고

영웅의 부활을 준비한

당신들의 쾌재여

- 당신들의 쾌재 -

    2017년 5월 9일 대선에서 문재인 후보가 당선하여 10일, 제 19대 대한민국 대통령으로 취임했다. 이제 축하를 드리고 그가 이 나라를 잘 이끌기를 바라는 마음이다.

대한민국의 자유민주체제와 시장경제체제를 잘 유지하여 후
손에게 좋은 나라를 물려주고 내려오기를 바란다. 지금까지 우
리나라 대통령이 퇴임할 때마다 불미한 일이 있어서 노파심에
단시 하나를 남기기로 했다.

다치지 않고 내려오시게나
취임하는 당신에게

- 최상의 권고 -

돌진하는 사람들

우리나라가 이 점만은 참 불행하다. 대통령을 하고 내려와서 칭찬받은 사람이 아직까지 없다. 임기를 마치기 전에 하야하거나 부하의 총에 맞아 죽은 사람도 있다. 임기는 마쳤지만, 자살을 한 사람도 있고 감옥에 다녀온 사람도 있다. 인척들의 비리 때문에 망신을 당한 사람도 있다.

이번엔 여성 대통령은 임기를 채우지 못했다. 석연치 않은 탄핵으로 대통령직을 내려놓았을 뿐 아니라 감옥에 갔다. 형을 얼마나 살지 모른다. 본인은 범죄 사실을 부인하고 있다. 불행한 일이고 후에 역사가들이 평가할 것이다.

왜 이런 불행이 이어지고 있을까? 어떤 사람들은 제도가 잘못되었기 때문이라고 한다. 어떤 사람은 법을 고쳐야 한다고 한다. 그럴듯한 이론들이지만 틀렸다. 사람이 만든 법이나 제도가 어떻게 완벽할 수 있을까? 누구나 대통령이 되어서 잘하고 싶었을 것이지만 사람은 근본적으로 죄인이고 부족한 존재다. 문제는 사람에게 있는 것이다.

그럼에도 왜 이렇게 대통령 하고 싶은 사람이 많은지 모르겠다. 이번에도 줄잡아 30명쯤은 될 것이다. 권세가 좋긴 좋은가 보다. 불나방이 불을 보고 돌진하는 것 같다. 앞사람이 불에 달려들어 타 죽는 것을 보면서도 돌진하고 있다. 장한 일이라 해야 하나, 어리석다고 해야 하나. 불행한 대한민국 대통령

불을 보면 그 눈에 불이 켜진다

온 몸을 던져도 아깝지 않다고 느껴진다

사랑이라 할까, 집착이라 할까

미치는 것이다

날아온 날개가 먼저 탄다

몸뚱이가 사라진다

재도 남기지 않고 사그라진다

그걸 보면서도

불을 보면 미치는 또 한 마리 불나비

돌진한다

내 몸은 안 탈 거야, 하면서

- 불나방 -

돌진하는 사람들

빨대만 들고 다니는 사람들

요구르트나 과일즙에 빨대 꽂고 쪽쪽 빨아먹기가 괜찮다. 열기가 확확 오르는 날, 제과점 한쪽에 앉아 팥빙수에 빨대 꽂고 빨아먹기는 어떻고. 시원하면서도 달짝지근한 액즙이 목구멍을 타고 내려갈 때의 맛과 기분이 그만이다. 그건 그렇고, 어떤 사람들은 곰의 쓸개즙이 건강에 좋다고 살아있는 곰의 쓸개에 빨대를 꽂고 빨아먹는다고 한다. 아무리 건강에 좋다고 산 짐승의 쓸개에 빨대를 꽂을 수 있을까? 상상만 해도 징그럽다. 할 짓이라고 여겨지지 않는다.

요즘엔 일은 하지 않으면서 시위 현장에만 나타나는 사람이 있다고 한다. 여기저기 옮겨 다니면서 목청을 돋우는 사람. 하기야 그 짓도 얼마나 힘이 들겠는가. 도둑질도 힘든 일이고 남의 일 방해하는 것도 쉬운 일은 아닐 게다. 배짱 없으면 못 하고, 완력 없어도 못 하고, 양심이 살아있어도 못할 일일 게다. 모기가 왜 만들어졌는지 내가 모르는 것처럼 그런 사람이 왜 건강하게 태어났는지도 모른다.

자신들이 가장 나라와 민족을 사랑하는 양, 표면에는 그럴듯한 명분을 내세우고 먹을거리가 여기에 있는가, 저기에 있는가 하여 시위 현장만 찾아다니는 사람들. 모기는 피를 빠는 침만 있으면 되는 것처럼 저들은 아마 시도 때도 없이 빨대만 들고 다닐 것 같다. 괜히 마음이 아프다.

너와 같은 공간에서 함께 산다는 것

그것은 차라리 불행이다

오죽 할 짓이 없어

남의 피를 빨아먹고 사느냐

낮에는 숨어있다

야음을 틈타 훔치는

엉큼하고도 교활한 녀석아

예전엔

처서(處暑)만 되면 네 침이 구부러진다 했는데

입동(立冬)이 돼도 여전한 지금

한낮에도 달려들까 두렵다

뻔히 눈 뜨고도 긴장 풀면 당하는 세상

네 성품도 그걸 닮아간다는 뜻이겠지

너와 같은 무리들을 위하여

힘겨운 밥 먹고 피 만들어야 하는

우울한 세상

그래도 빨아먹기보다

빨리며 사는 게 낫다는 사람들의 소원

제발 빨린 자리만이라도 아프지 말았으면

- 겨울 모기 -

은퇴를 앞둔 박인철 목사님

　박인철 목사. 그는 지금 은퇴를 앞두고 있다. 나와는 각별한 인연이 있다. 전 신학 과정을 같이 공부했다. 거기다가 사는 곳이 같은 지역이어서 학교도 같이 다녔다. 그래서 어떤 사람들은 우리를 3총사라고도 했다. 거의 같이 붙어 다녔기 때문이었다.

　그런데 그 3총사 중에 하나가 먼저 세상을 떠났다. 이제 둘이 남았는데 왠지 우리끼리도 요즈음은 별로 연락이 없다. 그래도 나는 그가 지금 거리에서 목회를 하고 있다는 것이 고맙고 또 은퇴를 앞두고 있다는 사실이 자랑스럽다. 사람이 자기 일에 만족하면서 일하다가 정년을 맞아 은퇴할 수 있다면 진정 명예스러운 일 아닌가.

그동안 수년을 같이 수학하며 어울렸는데 서로 이해하지 못한 부분이 어디 있겠으며 나누지 못한 얘기가 무엇이겠는가. 서로의 성품을 알게 되었고, 서로의 가정의 내력이나 사정 등 거의 모든 것을 우리는 흉허물 없이 나누었다. 지금도 기억에서 씻어내지 못하는 것들이 많은데 그중의 하나가 그의 초청을 받아 속된 표현으로 배 터지게 먹었던 삼겹살 파티다. 신학생 시절은 왜 그렇게 배가 고팠던가.

지금까지도 말로 표현한 바 없지만 나는 당시 그가 부러웠다. 우선 그는 우리 두 사람보다 경제적으로 나았다. 우리는 일반 버스 아니면 엄두를 낼 수 없는 형편이었는데 그는 어떻게 빈 차를 그냥 보낼 수 있느냐며 지나가는 택시를 세워 탈 수 있는 여유가 있었다. 서점에 들어가서 우리는 한 권의 책을 골라서 사느라고 애를 먹는데 반해 그는 같은 분야의 여러 저자의 책을 한꺼번에 살 수 있었다. 그러나 그런 것보다 더욱 나로 부럽게 한 것은 내가 불신 가정 출신인데 반해 그는 신앙 가정에서 태어나 당시에도 어머니의 간절한 기도를 받고 있다는 것이었다.

여기서 나는 그의 가정 얘기와 그가 목회자의 길을 걷게 된 우여곡절을 얘기해야겠다. 그의 부친은 일제 강점기에 세상을 풍미한 권투선수였지만 해방 후 북쪽에 납치되어 지금까지 생사를 확인할 수 없다고 했다. 모친은 권사님이셨다. 그 어머니는 지금 목사가 된 이 아들을 낳고 하나님께 간절히 서원기도를 했다고 한다. 이 아들을 꼭 하나님께 바쳐 목회자를 만들겠다고.

그런데 이 친구는 자라면서 도무지 신학을 할 생각을 하지 않았다. 교회에는 나가지만 세상 사업에 정신이 팔렸다. 그러니 서원기도를 한 믿음 좋은 권사 어머니의 마음은 어땠겠는가? 그러면 안 되는데 하면서 달래기도 하고, 그러면 네가 형통하지 않을 것이라고 위협도 했다. 그러면서 언젠가는 돌아오리라 믿고 해마다 등록금을 모아 준비해 두었다. 학교에 들어간다고만

하면 무리 없이 뒷바라지하기 위해서였다.

그런데 해마다 기다린 보람도 없이 아들은 학교에 가지 않았다. 그러면 그 준비해 둔 등록금은 어떻게 해야 하나. 권사님은 다른 데에 쓰지 않았다. 등록금 몫으로 모아 둔 것을 허튼 데 쓸 수 없다고 하여 가난한 다른 신학생에게 등록금으로 쓰라고 드렸다. 이러기를 여러 해 했다.

그런데 드디어 이 친구가 신학을 공부하겠다고 항복할 일이 발생했다. 결혼 후 첫 아기를 낳았는데 도무지 살 것 같지 않은 상태였다. 이걸 보시고 어머니께서 하시는 말씀이 "지금이라도 네가 신학 공부를 하겠다 하면 이 아이가 살 것이고 그렇지 않으면 죽을 것이다" 하는 게 아닌가. 이 친구 말이 당시에 아기가 죽어 가는데 그래도 공부를 하지 않겠다고는 못하겠더라고 했다.

157

그 길로 항복하고 신학을 공부하게 되었고 도무지 살 것 같지 않았던 아기도 어머니의 예언대로 살아났다. 나와 목사님과의 인연은 학교에서 만나 공부하다가 맺어졌고 지금까지 같은 길을 걷게 되었다.

참으로 의미가 있는 일이라 내가 가끔씩 간증 형식으로 쓰는 예화를 여기서도 말씀드리고 싶다. 이 친구가 결심하고 학교를 다니는데 이후 학교를 마칠 때까지 등록금 걱정을 한 일이 없고 목회 중에도 큰 어려움이 없었다.

나는 이 현상을 어머니께서 자식에게 주려고 준비했던 등록금을 남에게 베풀었더니 나중에 당신의 아들이 공부할 때 등록금 걱정을 할 필요가 없도록 하나님께서 역사하셨고 주변의 도움이 있었다고 보는 것이다. 그리고 아들의 목회가 큰 어려움을 겪지 않은 것은 하나님께 서원하고 그대로 이행한 결과로 믿는다. 그렇다면 하나님은 과연 심은 대로 거두게 하시는 분이시다.

학교를 졸업하고 모든 과정을 마쳤을 때 나는 서울의 변두리에서 4층 건물의 2층을 세 얻어 교회를 개척했고 그는 포천의 농촌 교회로 부임했다. 그 교회가 얼마나 열악한지 여러 교회에서 보내주는 선교비로 교회가 겨우 운영되었고 심지어 목회자가 수없이 바뀌었다.

박 목사님은 부임한 이후 보내오는 선교비를 끊고 새로운 예배당을 말끔하게 지어 봉헌했다. 그리고 이제는 교회도 성장하여 선교비를 받는 교회가 아니라 보내는 교회로 탈바꿈했다. 하나님의 은혜가 아닌가. 그리고 이제 정년을 곧 맞게 되었다. 정년까지 탈 없이 주어진 사명을 마치게 되었다면 그게 은혜 아닌가. 큰 축복이다. 여생도 보람 있고 건강하기를 빈다.

앞으로 우리의 장래가 어떻게 될지

깜깜했지만

은퇴를 앞둔 박인철 목사님

기대를 내려놓지 않고

우리는 교문을 나왔지

당신이 포천의 농촌 마을로 떠날 때

나는 변두리 서울에 둥지를 틀었고

이거 서로 바뀐 것 아니었을까

서울 태생인 당신이 농촌으로 가고

농촌 출신의 내가 도회지에 머물렀으니

당신이 낡은 예배당 헐고

근사한 새 예배당으로 입당할 때

나는 4층 건물의 2층을 사글세로 얻었지

당신이 선교비 받는 교회에서

선교비를 주는 교회로 탈바꿈할 때

나는 한 사람, 한 사람 들어오는 분들이

천사처럼 고마웠네

세월이 그렇게 흐르더구먼

성도와 함께 예배드리고

찬송하고 전도하는 것이 목회더구먼

왜 저렇게 살까

걱정되는 성도를 만나면

다 잘하면 우리 같은 사람이 왜 필요해

서로 격려하며

우리는 같은 길을 걸어왔지

장하네

당신의 땀방울과 눈물방울이

헛되이 떨어지지 않았으니

하나님의 은혜가 아닌가

은퇴를 앞둔 박인철 목사님

내 잔이 넘치나이다 하며

우리 같이 축배를 드세

달려갈 길 마치는 날이

우리의 선한 싸움도 마치는 날

주님이 부르시는 그 날까지

잘했다는 칭찬

의의 면류관 바라보며

우리 멋지게 마무리하세

좁은 길, 같이 걷는 친구여!

- 장하네, 친구여! -

가면무도회장

여기는 가면무도회장

그러나 입장할 때

특별히 가면을 만들어 쓸 필요가 없네

네 빛나는 얼굴 그대로

네 화려한 모습 그대로

들어와서 우아하게 춤을 추면 되네

예수에게 다가와

랍비여, 안녕하시옵니까? 하고 입을 맞추었던

가룟인 유다처럼

태연하기만 하면 되네

한 번 끌어안고 나서 돌아서겠다, 생각한들

저 사람 이용하여 꼭대기까지 오르겠다, 생각
  한들

누가 알랴

우는 자의 본마음을 누가 알며

웃는 자나 분노하는 자의 속내가 따로 있다는 걸

어떻게 알겠나

네 음흉한 생각, 내가 짐작키 어려운 것처럼

저 웃음 띤 자의 손에 칼이 들려있는 줄 어떻게
  알리

이 세상은 가면무도회장

양의 탈을 쓴 이리되어 은근한 몸짓으로

이리의 탈을 쓴 양이 되어 경쾌한 몸짓으로

속이기도 하고 속기도 하며

춤추는 무대

- 가면무도회장 -

    가면을 쓰고 춤을 추는 흥거운 가면무도회장. 가면을 쓰고 입장하여 서로 상대가 누군지 모르게 감추고 춤을 추는 것이 그렇게 재미있을 수가 없을 것 같다. 그러나 가면을 만들어 쓰지 않아도 이 세상은 가면무도회장이 아닐까? 웃는 사람의 감춘 마음을 우리는 알 수 없다. 그 사람이 마음으로 흐느끼고 있는지 모른다. 눈물을 흘리며 슬퍼하는 저 여인이 정말 슬퍼서 우는가? 눈물을 흘리면서 속으로는 쾌재를 부르는 사람이 있을 수 있다.

세상엔 가면을 쓰고 사는 사람이 너무 많다. 슬픈 사연을 부여안고 허세를 부리는 사람, 기쁜 일을 만나고도 근엄한 표정으로 속내를 감춘 사람, 사랑하면서도 오히려 거만하게 대하는 사람, 미워하면서도 사랑스러운 미소를 흘리는 사람, 악의를 품고도 다정하게 접근하여 입을 맞출 수 있었던 가룟 유다 같은 사람.

과연 지금 이 세상은 가면무도회장이다. 벌거벗고 입장하여 화려한 옷으로 자신은 감추면서 남의 속내는 알아내려고 애쓰는 사람들. 모두가 흥겹게 춤을 추고 있다. 그러나 이 가면무도회장에서 퇴장하는 날 비로소 불꽃 같은 눈 앞에 우리는 설 것이다.

이제 쉬시라

당신들의 한숨이 바람을 일으키고

회오리바람을 일으키고

당신들의 눈에서 비가 내릴 때

하늘은 눈물을 흘린다

전쟁은 아니었지만, 전사자라고 하자

화랑 무공훈장도 추서하고

1계급 북진노 시키고

나라를 위해서 산화했노라고

위로를 하자

그렇다고

가슴에 묻은 아들이 되살아오겠는가

강물처럼 흘러가라

백령도 앞바다의 슬픔이여

한반도의 아픔이여!

당신들 앞에서 우린 지금 너무 부끄럽다

이 땅에 살아 숨 쉬고 있다는 것이

우리는 언제까지 슬퍼야 하는가

우리는 언제까지 아파야 하는가

언제까지 싸워야 하는가

전사자가 없고

무공훈장이 필요 없는 날은 언제 오려는가

원수가 없어지는 날이여

어서 오라

우리는 평화를 원하노니

전쟁이여 가라

우리는 통일을 원하노니

분단이여 가라

호국 영령들이여

이제는 쉬시라

당신들의 원통함은 우리들이 풀어야 할 숙제

이 세대에 기필코 전쟁 없는 평화

평화의 통일을 이루리니

천안함에서 나와 쉬시라

이제 쉬시라

나라 염려 하지 말고 편히 쉬시라

- 이제 쉬시라 -

*2010년 4월 29일, 천안함 희생 장병 장례식을 보며

2010년 3월 26일, 백령도 근처 해상에서 우리 해군의 초계함 pcc-772 천안함이 피격되어 침몰했다. 우리 장병 40명이 사망하고 6명이 실종되었다. 국가는 침몰 원인을 규명할 민간과 군인 합동 조사단을 구성했고, 우리나라를 포함한 오스트레일리아, 미국, 스웨덴, 영국 등 5개국에서 24여 명으로 구성된 합동 조사단은 면밀히 조사한 결과를 2010년 5월 20일 "천안함은 북한의 어뢰 공격으로 침몰한 것"이라고 발표하였다. 그러나 북한은 자신들과 전혀 관련이 없다고 발뺌을 했다. 언제 그들이 만행을 하고 순순히 자기들의 행위라고 자백한 일이 있는가?

그런데 우리의 함성이 북한의 피격으로 장병들이 진시했음에도 오히려 그쪽을 두둔하는 사람이 있다는 것은 무엇을 의미하는가? 이 가슴 아픈 현실을 우리는 어떻게 해석해야 하는가? 북한을 주적으로 생각할 수 없다는 사람도 있다. 답답하다. 어떻게 세운 자유민주주의인데. 가슴이 아프다 못해 아리다.

첨탑 위의 십자가

밤이 내리면

부스스

첨탑 위의 십자가는

붉은 눈을 뜬다

여기까지 지고 온

십자가

피 묻은 십자가

마땅히 내려놓을 곳 없어

172

주님은 오늘도

첨탑 위에 세워놓고

누구든지

내 음성을 듣고 문을 열면

내가 그에게로 들어가

나는 그로 더불어 먹고

그는 나로 더불어 먹으리라고

문을 두드린다 *(계3:20)*

좀처럼 열릴 기미조차 없는

굳게 닫힌 문 앞에서

주님은 여전히 떨고 있다

탐욕의 터 위에

미움과 질투의 기둥 세우고

갈등의 지붕 덮고

교만의 첨탑을 쌓아

십자가를 높이 세웠다

밤이 내리면 밤마다

첨탑 위 십자가의 외침

이 집은 만민이 기도하는 집이라고

내가 피 흘려 세웠노라고

쉰 목소리조차 떨린다

- 첨탑 위의 십자가 -

사람이 살아가면서 속상한 일이 어디 하나둘이랴. 그중에서 정말 내 마음을 상하게 하는 것이 교회의 분란이다. 건물은 크게 지었는데 불협화음이 교회 밖에까지 튀어나온다. 주님은 사랑을 외치셨는데 제자들은 미워하고, 주님은 평화를 말씀하셨는데 성도들은 싸운다. 주님의 이름이 불신자가 아닌 신도들에 의해서 모독을 당하고 있다. 불신자들이 교회를 염려한다는 말까지 나온 형편이다. 그러고서 무슨 선교를 얘기할 수 있으랴. 그러고서 어떻게 우리를 본받으라고 말할 수 있으랴.

정말 속이 상한다. 주님의 피는 어디 갔는가. 주님의 눈물만 보인다. 그래서 이렇게 시라고 써 놓고 나니 시원할 줄 알았더니 더욱 안타깝고 답답하기만 하다. 슬프다.

첨탑 위의 십자가

지은이_ 전종문

주소_ ⓪①⓪⑧① 서울특별시 강북구 덕릉로 63(수유동) 수유중앙교회

전화_ 02-991-3742

핸드폰_ 010-2377-3742

E-mail_ jesus4sy@hanmail.net